Magali Bergeon-Lefranc

Lonicéra

Tome 3

L'équilibre des mondes

Éditions Dédicaces

LONICÉRA. TOME 3 : L'ÉQUILIBRE DES MONDES
par MAGALI BERGEON-LEFRANC

DU MÊME AUTEUR :

Lonicéra – Tome 1 – Le Peuple oublié (2011)
Lonicéra – Tome 2 – L'appel des Anciens (2012)

COUVERTURE : Manù

ÉDITIONS DÉDICACES INC
675, rue Frédéric Chopin
Montréal (Québec) H1L 6S9
Canada

www.dedicaces.ca | www.dedicaces.info
Courriel : info@dedicaces.ca

Magali Bergeon-Lefranc

Lonicéra

Tome 3

L'équilibre des mondes

A mes lectrices et lecteurs
de tous âges et de tous horizons...

Carte du Monde Englouti
de Pandora

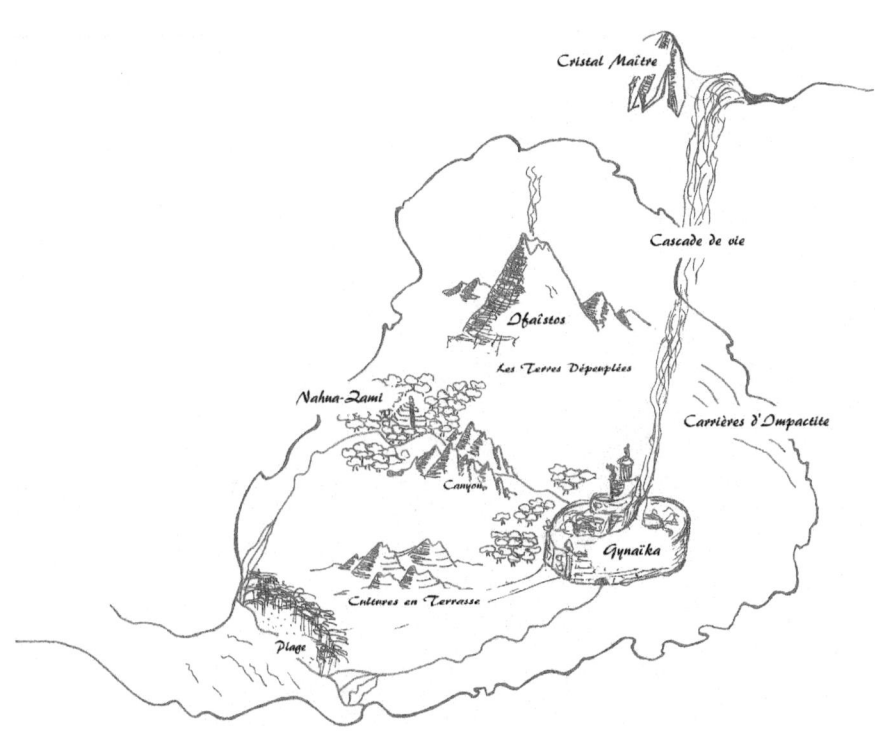

Cristal Maître

Cascade de vie

Ofaïstos

Les Terres Dépeuplées

Nahua-Zami

Carrières d'Impactite

Canyon

Gynaïka

Cultures en Terrasse

Plage

Prologue

Myrtis parle :

« Où finit le rêve et où commence la réalité ?

Dans le rêve, tu puises ta force. Dans l'utopie, tu deviens puissante. C'est ainsi que tu grandis dans la vie réelle.

Même dans l'inconscience où tu te trouves, ton cerveau continue à fabriquer ta réalité. Mais quelle est-elle, cette réalité ?

Suis-je vraiment là, à tes côtés ? Ou ne suis-je que le fruit de ton imagination ? Quoi qu'il en soit, en ce moment, ma présence n'en est pas moins réelle à tes yeux !

Ta réalité n'est pas celle de ton voisin, car tu ne la ressens pas de la même façon. Mais si le rêve devient le même pour plusieurs personnes, peut-être est-il une part de réalité...

À toi d'en tirer le meilleur parti, Lonicéra. »

Chapitre I
Retour à Molène

Depuis dix ans, sur l'île de Molène, là où rien ne pousse, bravant les éléments déchaînés, un saule pleureur étendait ses longues branches touffues qui dansaient au gré du vent. Depuis dix ans, se moquant de l'aridité du sol et du pouvoir destructeur des embruns salés provenant de la mer d'Iroise, l'arbre ne cessait de s'épanouir. Il faisait fi des saisons et son feuillage persistait toute l'année durant, miroitant sous l'impulsion des bourrasques et de la réverbération du soleil sur la mer scintillante.

Un matin, les molénais qui pour la plupart étaient pêcheurs, sortis en mer pour une nouvelle journée de labeur, avaient découvert cet arbre insolite sur l'une des îles les plus inhospitalières de l'archipel. Ils avaient d'abord pensé que la tempête de la veille, l'une des plus violentes qu'ils aient connue depuis des années, avait charrié un tronc fraîchement déraciné. Mais ils avaient dû se rendre à l'évidence que l'arbre était bel et bien ancré dans le sol et ne donnait aucun signe de faiblesse. Lorsque les gardes-côtes chargés de la surveillance du littoral et de la réserve naturelle de l'archipel s'y étaient déplacés, ils avaient été stupéfaits de découvrir au pied du saule, une pierre de granit dressée là. De la taille d'un homme,elle était des plus étrange. Sur sa surface étaient gravés deux visages presque identiques. Les deux femmes se faisaient face, aussi belles l'une que l'autre. La seule différence était la présence sur le front de l'une d'elles de minuscules arabesques finement sculptées. Dès que le garde-côtes avait posé sa main sur la pierre, il avait ressenti un bien-être intense et un amour inconditionnel pour toutes choses. Il avait aussitôt compris que quelque force magique était ici à l'œuvre et que la pierre devait rester en place. « Elle ne gênera en rien la reproduction des phoques protégés sur cette île ! » avait-il pensé. Et malgré les protestations de son collègue, il n'en avait pas démordu. Soudain, le saule avait frémi, ses branches s'étaient élevées tels les tentacules d'une pieuvre, laissant les deux hommes médusés, incapables de s'enfuir. Ils avaient alors senti une douce chaleur les envahir ; une chaleur réconfortante. Puis l'arbre s'était apaisé et était redevenu aussi immobile que le lui permettait le vent d'ouest. Depuis lors, jamais on ne tenta de s'en approcher, car les gens véhiculèrent la légende qu'il était maudit et voulait, telles des sirènes, aimer et prendre possession du corps des hommes.

Jamais... ou presque ! Chaque année, à la date anniversaire de la naissance du saule si élégant, une femme mystérieuse à la peau dorée se rendait sur l'île au rivage déchiqueté par la violence des marées. Elle posait ses mains sur la pierre et restait ainsi un long moment. Puis, elle écartait délicatement les branchages qui se refermaient derrière elle tel un rideau de lianes. Parfois, on pouvait distinguer ses pieds près des racines alors qu'elle restait assise pendant des heures contre l'écorce râpeuse. Puis, comme par magie, elle disparaissait aussi soudainement qu'elle était apparue, comme si le saule l'avait engloutie. Cette femme alimentait les superstitions, allant jusqu'à passer pour l'esprit d'une défunte ayant certainement péri en mer, cherchant désespérément à regagner ce qui ressemblait le plus à la terre. Alors, depuis dix ans, les pêcheurs molénais attendaient ce jour pour voir si elle serait encore au rendez-vous, toujours irréelle et insaisissable.

Aussi, lorsqu'un homme de la ville arriva à Molène dix ans plus tard, et demanda qu'on l'emmène sur l'îlot, la population locale essaya de l'en dissuader. Il ne savait pas ce qu'il risquait à aller là-bas en ce jour particulier, lui dirent-ils. Il y avait beaucoup d'autres endroits à voir ! Mais l'homme restait campé sur ses positions... et il était prêt à mettre le prix pour qu'on l'y conduise. Et en ces temps d'économies forcées, un homme probablement plus brave que les autres accepta de l'accompagner moyennant un pécule alléchant. Mais il était hors de question qu'il se tienne à proximité ! Il l'attendrait au loin. Aujourd'hui, la mer était d'humeur amicale et cela ne poserait aucun problème. Quand il voudrait revenir, l'homme n'aurait qu'à lui faire signe. Il était courageux, mais pas téméraire...

En accostant, le pêcheur ne put s'empêcher de réprimer un frisson d'appréhension, ce qui fit sourire le citadin. Mais il n'y prêta pas attention, trop pressé de livrer son colis et de s'en retourner à la relative sécurité du large. Pourtant, la mer d'Iroise était réputée pour être l'une des plus dangereuses des côtes bretonnes...

L'homme s'avança d'un pas assuré vers le saule, et mit genou à terre. Il murmura quelques paroles bienveillantes à l'attention de la Déesse Mère et releva la tête lorsqu'il sentit derrière lui une présence familière. Il se redressa, et un large sourire illumina son visage. Il ouvrit grand ses bras pour y accueillir la jeune femme qu'il n'avait pas vue depuis dix ans.

— Océane ! lança-t-il. Euh… Lonicéra ! J'oublie toujours…

— Jeff ! répondit cette dernière en l'étreignant affectueusement. Tu as l'air en pleine forme !

— Et toi donc ! Pour une revenante, tu n'es pas trop mal non plus !

— Une revenante ? Que veux-tu dire ?

Son expression de surprise arracha un éclat de rire à l'homme.

— Tu n'es pas au courant que les gens d'ici te prennent pour le fantôme d'une femme qui a péri en mer ?

— Et comment pourrais-je le savoir, s'il te plait ? le taquina-t-elle.

Il lui sourit, ne sachant que répondre, et elle reprit la parole.

— Hédéra avait prédit ta visite. J'avais hâte de te voir ! Cela fait si longtemps !

— C'est vrai… Ça fait bizarre, non ? De se retrouver là après tant d'années, après tout ce que nous avons vécu… Mais dis-moi, que s'est-il passé pour toi depuis ce jour en forêt d'Huelgoat ?

La forêt d'Huelgoat… Même après dix ans, cet endroit prenait toujours une résonnance désagréable aux oreilles de Lonicéra. C'était certes en ce lieu qu'elle avait mis fin au règne despotique de Rana, sa tante et reine déchue du peuple des fées, mais c'était aussi ce même jour qu'avait péri sa propre mère. L'une ne pouvait aller sans l'autre, Myrtis sans Rana, Rana sans sa jumelle. Désormais, elles ne faisaient plus qu'une, enfermées pour l'éternité dans le saule pleureur qui bravait les tempêtes, rendues à la pureté de la Terre Mère.

Lonicéra partit s'asseoir au pied du bloc de granit après s'être inclinée devant les visages figés de sa mère et de sa tante. Elle invita Jeff à en faire autant. Il s'exécuta et attendit qu'elle parle de nouveau.

— Eh bien, hésita-t-elle ne sachant par quoi commencer, lorsque nous sommes rentrés sur Cherry Island, la nouvelle de la chute de Rana y était déjà parvenue. Bien sûr, le Peuple de la Forêt savait aussi que leur Reine bien-aimée, ma mère, s'était sacrifiée pour nous permettre d'accomplir notre tâche.

Lonicéra fit une pause et Jeff posa sa main sur la sienne.

— Cela a dû être difficile pour toi, n'est-ce pas ? Perdre ta mère alors que tu venais à peine de la retrouver...

— Le plus dur a été la culpabilité que je ressentais quant à la façon dont elle est morte ! Je pensais alors que j'aurais pu retenir les lianes qui s'enroulaient autour d'elle et emprisonner uniquement Rana dans l'arbre. Mais la volonté de ma mère était telle que je n'ai rien pu faire. Elle s'est condamnée alors même que sa sœur expirait. Elles ne pouvaient vivre l'une sans l'autre, comme la Terre ne peut être sans le Ciel. Mon père, avec la mort de Rana, a recouvré sa conscience. Le maléfice a été détruit en même temps que son instigatrice. Et toutes les personnes qui avaient été ensorcelées ont depuis lors repris une vie normale. Mais mon père a eu le cœur brisé. Il m'en veut toujours de n'avoir pu retenir son âme sœur. Il a préféré s'éloigner de la forêt pour retourner vivre dans les collines avec les parents d'Hédéra, Typha et Efflam.

Elle s'arrêta encore, et Jeff put sentir la frustration dans son regard. En tant que princesse du peuple des fées, elle devait faire des choix. Et Myrtis, en tant que Reine des fées, avait fait le sien. Lonicéra n'avait rien à se reprocher. L'amour est parfois maladroit et Wilfried, le père de Lonicéra, se rendrait un jour compte que sa fille aimait sa mère et ne souhaitait pas la fin qu'elle avait vécue... lorsque son chagrin se serait amoindri.

— Donc, d'après ce que je comprends, reprit Jeff, Wilfried n'est pas devenu le roi du peuple des fées ?

— Comment l'aurait-il pu ? le rabroua gentiment son amie. Il n'est pas fée, ni même elfe !

— Donc, la princesse est devenue reine...

Lonicéra détourna le regard vers l'horizon avant de répondre. Tant de pensées se bousculaient dans sa tête lorsqu'ils étaient rentrés ! Elle était désemparée, mais personne ne devait s'en apercevoir. Elle devait être forte pour son peuple. Et en fin de compte, elle s'était vite rendue à l'évidence que les fées et les elfes étaient certes tristes de la disparition de sa mère, mais leur caractère désinvolte leur donnait la capacité de se tourner davantage vers l'avenir. Pour eux, la mort faisait partie intégrante de la vie. Lorsqu'une fée avait vu tout ce qu'elle avait à voir, après parfois des siècles d'existence, elle devait retourner à leur Mère. Une nouvelle fée prenait alors sa place dans le cycle naturel de la vie.

Elle avait été acclamée comme la reine légitime du peuple magique, et son union avec Briag scellait désormais officiellement fées et elfes. Chacun était heureux que cela se passe ainsi. Aussi, quand elle protesta, personne n'en comprit la raison ! Lonicéra voulait un vote égalitaire. Elle ne voulait pas s'imposer à qui que ce soit. Mais les êtres magiques n'entendaient rien à la notion de démocratie, et lorsque Lonicéra proposa que chacun donne son avis, toutes les mains se levèrent pour elle. Elle faisait l'unanimité. Chacun félicita son voisin pour son choix avisé, et il en fut convenu ainsi. Lonicéra serait leur nouvelle reine, Briag serait son roi. Hédéra, Kieran, Gweltaz et Lilia seraient leurs conseillers. Mais, s'était empressée de préciser la nouvelle souveraine, cela n'empêcherait en rien les uns et les autres d'exprimer leurs opinions. Cette attention toucha tout particulièrement la population sylvestre, et toutes les têtes s'étaient alors inclinées devant elle, marquant le profond respect que lui portait son peuple. Le couronnement avait eu lieu immédiatement, suivi de trois jours et trois nuits de festivités. Les fées avaient redoublé d'efforts pour rendre cet événement inoubliable. Les lucioles avaient brillé dans les arbres jusqu'au lever du jour, les voix flûtées des fées et celles de barytons des elfes avaient résonné des jours durant dans le chuintement des feuilles qui dansaient au gré du vent ; les oiseaux, les écureuils, les biches et les loups, parmi tous les animaux de la forêt, étaient venus honorer la nouvelle reine des fées et avaient ainsi à nouveau exprimé toute l'amitié et le respect qui les liaient depuis des millénaires.

Au bout de ces trois jours, Lonicéra avait annoncé que Sean — gardien du passage entre le monde magique et celui des humains depuis de longues années, et maintenant âgé pour un homme — allait prendre une retraite bien méritée. Il formerait son successeur et finirait sa vie parmi le peuple de la forêt, en remerciement de son dévouement. Goulven, le petit garçon picte orphelin que Lonicéra et Briag avaient décidé de protéger, avait alors été affecté à cette fonction. Cependant, il était encore fort jeune, et la nécessité qu'il vive au contact des fées et des elfes afin de s'imprégner de leur magie s'imposa. Cela ne dérangea personne. Au contraire ! Les fées étaient ravies de rencontrer un enfant dont le peuple mythique leur était venu en aide à maintes reprises et, dont le charme innocent flattait leur beauté et leurs talents à longueur de journée. C'est ainsi que le couple royal avait pris le bambin à peine âgé de sept ans sous son aile.

Mais cet enfant ne serait pas uniquement le gardien du portail entre le monde magique et le monde des humains. Il serait aussi chargé de faire le lien avec le peuple picte. En effet, ceux-ci avaient été de précieux alliés et amis lors du combat final contre Rana. Sans la bravoure de ces hommes et de ces femmes taillés pour le combat, Lonicéra et ses compagnons n'auraient pu venir à bout de l'armée viking ressuscitée par Rana. Cette dernière aurait réussi à asservir le monde et l'aurait mené à sa perte, contrôlée pendant tout ce temps par Kerta, la Déesse des Ténèbres et du Chaos.

En gage de confiance, Lonicéra, après avoir concerté le peuple de la forêt, avait proposé de sceller l'amitié et la solidarité dont ils avaient fait preuve par la création d'un portail magique. Chacun resterait chez lui et y vivrait à sa façon, mais toute personne pavée de bonne volonté pourrait se rendre dans ce monde parallèle. Goulven étant picte de naissance, serait chargé d'ouvrir la porte et pourrait, par la même occasion, garder contact avec ses frères et sa tante. De plus, aucun être non magique ou mal intentionné ne pourrait passer la brèche entre les mondes. De cette façon, si le jour venait où l'un ou l'autre monde était assiégé, le peuple allié resterait impénétrable. Aussi, quelques jours après cette prise de décision, Merlin, l'enchanteur qui vivaient toujours en forêt d'Huelgoat, se présenta sur les rives du Loch Ness accompagné de Balthazar, l'homme-aigle gardien du monde des pictes. Grâce à l'assistance de l'enchanteur et de la Déesse, le passage fut créé. Les pictes furent invités à venir fêter cette nouvelle alliance. Le premier jour de festivités se déroula parmi le peuple des fées ; le deuxième jour chez les pictes. Chacun essaya de respecter au mieux les us et coutumes de son voisin, mais cela ne fut pas si aisé. Et en particulier concernant le rapport à la nourriture : les uns étaient végétariens et se contentaient de peu pour vivre, alors que les autres aimaient les tables bien garnies, et de préférence avec de multiples viandes au menu. Toutefois, les fées et les elfes, bien que pacifiques, durent se rendre à l'évidence qu'avoir un peuple guerrier comme allié n'était pas une mauvaise chose, tant que cela ne bouleversait pas leur façon de vivre. Grâce à l'alliance qu'avait passée leur souveraine avec les pictes, l'équilibre des choses avait été rétabli. Toutefois, les différences entre les deux peuples étaient telles que le portail restait fermé la plupart du temps. Savoir qu'un peuple ami se tenait prêt en cas de besoin était suffisant. Dès lors, seuls les dirigeants des deux mondes se rendaient visite, plus par amitié que par obligation.

Tudonia, l'épouse du chef picte, avait mis au monde des jumeaux : une petite fille, Kania, et un garçon, Vael. Son amitié pour Lonicéra en avait été renforcée, car elle imputait sa bonne grâce au lien étroit qu'entretenait la fée avec la Déesse Mère de la Terre. L'accouchement avait été long et éprouvant, et aux yeux des guérisseurs du village, Tudonia était perdue. Fort heureusement, Ketty, la jeune sorcière des Monadliath, avait choisi de vivre parmi les fées afin de parfaire son apprentissage de la magie. Elle avait déjà été confrontée à des délivrances difficiles et, grâce aux connaissances que lui avait transmises sa mère, les nourrissons avaient pu voir le jour sans dommage. Ketty était alors devenue la représentante de la communauté des sorcières des Highlands auprès du peuple de la forêt. Elle était amenée à s'absenter régulièrement, mais revenait toujours aussi avide de savoirs.

« Et ton amie qui avait infiltré le château de Rana ? » questionna alors Jeff. « Comment va-t-elle ? Ce combat a dû être bien éprouvant pour elle ! »

— Deviendrais-tu psychologue avec l'âge, Jeff ? le taquina Lonicéra.

— Regarde mes cheveux… Je n'arrive même plus à compter le nombre de filets blancs qui les parsèment… Il paraît que c'est signe de sagesse !

Lonicéra pouffa et l'observa attentivement. Quelque chose avait changé en lui. Il était plus doux qu'avant. Et plus à l'écoute surtout. Elle sentait des ondes bénéfiques émaner de lui et son irritabilité d'autrefois avait disparu. Il semblait réellement intéressé par le sort d'Hédéra.

— Cela a été très dur pour elle d'être immergée dans toute la tristesse du monde humain. À cause de Rana, elle n'en a vu que les côtés négatifs. Elle a fait preuve d'une force mentale que je n'aurais jamais pu soupçonner. Partir comme elle l'a fait en me laissant croire qu'elle s'était alliée à Rana, brisant notre lien d'amitié... Voilà ce que j'appelle du courage ! Elle s'est rendue dans un monde inconnu dont elle a vu et ressenti le pire alors qu'elle n'y était pas préparée ! Elle n'était que pureté et joie de vivre et brusquement, un flot incessant de ressentis néfastes n'a cessé de lui parvenir... Je remercie chaque jour Kieran d'être resté auprès d'elle pour l'empêcher de basculer. Sans lui, elle aurait pu se perdre en chemin... Elle commençait à comprendre les motivations de Rana, sa soif de destruction. Elle n'y adhérait pas, mais son empathie était telle qu'elle aurait pu trouver des circonstances atténuantes à ma tante. Certes, elle en avait – tout le monde en a –, mais après la bataille, quelque chose dans les pensées de mon amie était brisé. À tel point que lorsque nous sommes retournés chez nous, elle ne comprenait plus l'insouciance de nos congénères. Elle avait vu la terre et la mer souffrir des sévices que lui infligent les hommes... Elle s'étonnait que nous ne ressentions pas ce mal-être dans notre monde. Elle a alors commencé à comprendre pourquoi je ne croyais pas aux Énergies de la Terre quand j'ai découvert le monde des fées. Mais grâce à notre amour et notre soutien, Hédéra s'est à nouveau sentie en harmonie avec Tellus. Elle a accepté le fait que l'amour est plus fort que tout, et que tant que les humains conserveront cette notion dans leurs cœurs, ils ne basculeront pas.

Lonicéra redevint silencieuse, un sourire ému aux lèvres. Elle se remémorait la conversation qu'elle avait eue avec son amie dix ans auparavant ; laquelle conversation ne regardait en rien Jeff... Elle avait vu rougir son amie à l'évocation de l'amour, et elle s'était doutée qu'il s'agissait de Kieran. Hédéra lui avait alors confié qu'elle se posait beaucoup de questions à propos de l'amour tel que le voient les humains. N'était-ce pas égoïste envers la Déesse de penser à son bonheur personnel ?

— Cela ne t'empêche pas d'honorer la Déesse ! Au contraire ! lui avait répondu Lonicéra. Qu'est-ce qui pourrait lui faire plus plaisir que l'amour pur de deux êtres ?

— Mais cet amour est-il toujours pur ? Céder à ses pulsions est-il honorable ? avait terminé Hédéra dont la voix s'était étouffée en faisant cette confession.

Lonicéra avait pris son amie par les épaules et l'avait fixée dans les yeux. Et avec tout l'amour qu'elle lui portait, elle lui avait dit :

— Les pulsions que nous ressentons sont tout à fait naturelles, Hédéra. Et nous les ressentons, car nous aimons de manière inconditionnelle !

— Ce n'est pas mal, alors ?

— Bien sûr que non ! L'amour est quelque chose de magnifique et qui tisse des liens bien plus forts que tout ! C'est toi qui me l'as appris ! L'amour que tu portes à Kieran est aussi fort que celui que je porte à Briag. Il est passionnel. Il donne envie de ne faire plus qu'un avec la personne aimée, de fusionner avec elle. Comment une chose aussi agréable pourrait-elle être mauvaise, dis-moi ?

— Alors, toi aussi, tu… avait commencé Hédéra sans oser finir sa phrase.

Lonicéra avait éclaté de rire en prenant son amie dans ses bras pour la rassurer. Le cœur léger, Hédéra se prit à rire à son tour, soulagée de ne pas avoir perdu une partie de son âme dans le château de Rana.

— Tu m'as manqué, lui avait confié Hédéra en l'étreignant avec force dans ses bras.

— Tu m'as manqué toi aussi...

***

Lonicéra resta silencieuse à la pensée de ce moment d'intimité retrouvée avec son amie, et Jeff le respecta. Lorsqu'il vit qu'elle revenait à la réalité, il lui sourit.

— Tu es vraiment différente que lorsque tu étais humaine, lui confia-t-il.

— Je prends ça pour un compliment ! Ces dix dernières années m'ont en effet été des plus bénéfiques !

— C'est ce que je constate… Tu vois, j'approche de la retraite, mais toi, tu restes éternellement jeune.

— Ceci dit, nous aurons toujours la même différence d'âge! lui rappela-t-elle. Et tu ne crois pas que tu exagères un peu en disant que tu approches de la retraite ? Tu as encore une quinzaine d'années à attendre !

— Mais ça arrivera bien vite ! lui répondit-il, une pointe de nostalgie dans la voix.

Puis, montrant la joue et le cou ceints d'arabesques de la fée, il demanda :

— Je ne savais pas que les tatouages étaient de mise chez les fées ! Quelle en est la signification ?

— Ah oui ! lança une voix enjouée derrière eux. Raconte-lui le couronnement, maman ! Je suis sûre qu'il aimera entendre ce récit !

***

Jeff se détourna de Lonicéra pour faire face à une jeune fée d'une vingtaine d'années. Ses cheveux ébouriffés par le vent d'ouest voletaient en tous sens, balayant son visage souriant de mèches rebelles. Son regard envoûtant reflétait la douceur et la bonté des fées. Une multitude de phoques en quête de caresses ne cessait de lui tourner autour, captivés par son aura scintillante de mille tons bleutés.

— Maman ? répéta-t-il, interloqué.

— Ah oui ! Tu ne connais pas encore ma fille ! répondit Lonicéra sans tenir compte de la surprise de son ami. Jeff, je te présente Centaurea.

— Maman m'a beaucoup parlé de toi, Jeff ! lui dit la jeune femme en le serrant sans retenue dans ses bras. Je suis contente de faire enfin ta connaissance !

— Ta fille ? s'obstina Jeff. Comment cette jeune femme pourrait-elle être ta fille ?

— Il n'est donc pas au courant de la manière dont on fait les bébés ? demanda Centaurea, un sourire taquin aux lèvres.

— Si, ma chérie. Je pense qu'il sait tout cela. La question que pose Jeff, c'est plutôt : comment une jeune fée qui paraît avoir vingt ans peut-elle être ma fille ? Vois-tu, ma chérie, les enfants humains grandissent beaucoup moins vite que les enfants fées. Si tu avais été humaine, tu aurais encore la taille et l'apparence que tu avais à cinq ans.

Puis se tournant vers Jeff, Lonicéra lui expliqua que les enfants fées prenaient un an en l'espace d'un jour. Pour Centaurea, cela avait été différent, car elle était née de mère métisse, à moitié fée et à moitié humaine. Aussi, grandissait-elle deux fois plus vite qu'un enfant humain, mais beaucoup moins que les autres fées. Elle avait maintenant neuf ans et une grande maturité, aussi physique que mentale. Jeff était sidéré par cette révélation et ne pouvait s'empêcher de regarder la jeune fille avec admiration. Elle était grande et élancée comme sa mère, et sa peau mate rappelait ses origines africaines. Elle avait cependant hérité de son père la chevelure lisse et soyeuse des elfes. Ses yeux bleus, en amandes comme ceux de Lonicéra, ressortaient au milieu de sa crinière rousse dont la couleur avait surpris tout le monde. Son sourire spontané illuminait son visage rayonnant. Jeff était subjugué par une telle beauté.

— Veux-tu que je lui raconte le couronnement, maman ? proposa la jeune fée.

— Tu n'y étais même pas, ma chérie ! lui répondit sa mère en riant.

— Je le sais bien, mais Hédéra me l'a montré à plusieurs reprises dans l'onde du lac !

— Je croyais que tu ne lui avais demandé qu'une fois ! s'étonna Lonicéra.

— Eh bien non ! Je le lui ai redemandé depuis ! Tu étais tellement belle ! Même après tout ce temps, les fées et les elfes du peuple de la forêt continuent d'en parler, alors tu comprends bien ma frustration ! Je suis la seule à ne pas avoir été présente à cet événement sans précédent !

— Les fées ne connaissent pas la frustration, Centaurea !

— Alors c'est un sentiment que j'ai dû apprendre auprès de Grand-Père ! lui lança-t-elle sur un ton de défi.

Lonicéra se rembrunit à l'évocation de son propre père, mais elle devait admettre que sa fille avait raison. Depuis dix ans, Wilfried criait sa frustration d'être séparé de Myrtis, et encore plus quand il était silencieux… Il n'adressait pratiquement plus la parole à personne depuis longtemps.

— Allez, maman, s'il te plait !

— Je te disais tout à l'heure, Jeff, que Centaurea était d'une grande maturité. Mais je tiens à souligner que le moment présent n'est pas représentatif de mes dires !

— Papa dit toujours que, quel que soit l'âge d'une fée ou d'un elfe, la joie, la bonne humeur et le jeu resteront toujours présents ! se révolta la jeune fée avec un grand sourire mutin.

Centaurea aimait les joutes verbales qu'elle entretenait avec sa mère. Mais elle savait aussi quand elle dépassait les limites. Et elle connaissait aussi parfaitement les moyens de l'amadouer. Elle tenait de son père le même sourire doux et rassurant qu'aimait tant Lonicéra, et elle en usait souvent pour la faire céder. Elle s'assit au sol, toujours entourée de la horde de phoques, prit un bébé sur ses genoux et entreprit de le caresser.

— Donc ! commença Centaurea avec tout le mystère dont elle était capable. Lorsque maman et papa sont revenus dans le monde magique avec Hédéra, Kieran, Gwenvael, Sean et Ketty…

— Et Goulven, chérie !

— Oui, Goulven ! lui répondit-elle avec une moue boudeuse. Je sais ! Mais je préfère l'occulter ! Il se vante toujours d'avoir été présent, et ça m'énerve !

— Serait-ce de la jalousie ?

— Non, un simple constat ! Il faut bien que quelqu'un lui rabatte son caquet de temps en temps, non ? Donc ! Lorsqu'ils sont tous revenus – Centaurea tourna la tête vers sa mère pour s'assurer qu'elle n'avait pas d'objection à émettre –, le peuple de la forêt a choisi maman pour être leur reine. Aussitôt, la marque de la Déesse s'est illuminée sur son front, et Elle est apparue devant l'assemblée. Aussi belle que la rosée du matin, ses longs cheveux bleutés en harmonie avec sa robe légère, notre Mère s'est adressée au peuple. Elle leur a dit qu'ils ne pouvaient espérer meilleure souveraine que Lonicéra, qui était déjà sa représentante sur terre. Alors, la marque de la Déesse s'est mise à scintiller de plus belle sur son front, et de minuscules arabesques se sont dessinées sur sa peau en remontant vers sa chevelure. Tous les souffles étaient suspendus pendant que maman s'élevait dans les airs, soulevée par le pouvoir de la Déesse. Les arabesques ont continué à se former, ornant son front d'une couronne légère. Puis elles sont descendues le long de sa joue droite, de son cou, où elles ont gravé dans sa peau la splendide fleur de chèvrefeuille que tu peux voir ici. Mais le travail n'était pas achevé ! Les tiges du chèvrefeuille ont poursuivi leur course, glissant le long de son bras, s'enroulant autour de son poignet, formant des tortillons autour de ses doigts, tel un vêtement ajusté à sa peau. Elle a continué à scintiller un

20

instant, puis le dessin a perdu de son éclat et Tellus s'est évaporée. Ainsi, Lonicéra, souveraine du Peuple de la Forêt, devint la pensée et le bras de la Déesse. La première fée depuis Vivianne à obtenir une telle grâce.

Jeff n'avait pas une fois relevé la tête pendant le récit que venait de lui faire Centaurea, perdu dans son imagination qui lui renvoyait l'image de Lonicéra scintillant de mille feux. Il pouvait presque palper l'admiration que les fées et les elfes avaient ressentie ce jour-là. Revenant à la réalité, il se tourna vers son amie, comme pour obtenir confirmation, et celle-ci ferma les yeux. Elle se concentra et appela Tellus, lui demandant seulement de l'honorer de sa présence furtive. La marque sur son front ainsi que toutes les arabesques s'illuminèrent un bref instant, puis tout redevint normal. Jeff était coi devant une chose aussi irrationnelle pour lui. Et quand il retrouva l'usage de la parole, il ne put que demander pourquoi l'autre tatouage, sur le bras gauche, ne s'était pas illuminé en même temps que le reste.

— C'est le lien qui l'unit à papa ! répondit Centaurea, fascinée par l'amour que ses parents se portaient. Papa a la même marque sur son bras gauche et les deux se rejoignent comme une liane qui les unirait. C'est la Déesse qui les a mariés, tu le savais ?

— Non ! Ta mère ne m'en a rien dit… dit-il alors sur un ton de reproche à peine voilé.

— Mais si je te l'avais dit, m'aurais-tu seulement entendue à l'époque ?

— Non, probablement pas ! Mais j'ai changé. Aujourd'hui, je suis plus disposé à croire.

Jeff raconta alors à son amie comment, après la bataille d'Huelgoat, il avait rencontré un groupe d'humains qui lui avait ouvert les yeux sur la beauté de la forêt et des énergies. Ils lui avaient montré une façon plus saine de vivre, et bien qu'il travaille toujours dans la capitale, il leur rendait visite aussi souvent que possible.

Après ce qu'il avait vécu auprès du peuple picte et des fées, il avait décidé de surveiller les manifestations surprenantes qui pourraient rappeler l'action maléfique de Kerta, la Déesse des Ténèbres et du Chaos. C'était à ce propos qu'il avait décidé de venir voir Lonicéra. Il avait entendu parler d'une jeune femme qui ne vieillissait pas, un fantôme probablement, qui se rendait sur l'île de Molène à chaque date anniversaire de la bataille d'Huelgoat. Contrairement aux humains, Jeff savait ce qui s'était réellement passé ce jour-là, alors que les autres avaient été laissés dans l'ignorance pour la protection des peuples magiques. Il n'avait donc pas été surpris de voir Lonicéra en ce lieu.

— Tu connais les légendes qui courent autour du triangle des Bermudes ? poursuivit-il. La plupart, comme tu le sais, sont infondées. Il a été prouvé qu'il n'y avait pas plus de disparitions là-bas qu'ailleurs. Le secteur est seulement plus fréquenté… Eh bien, figure-toi que depuis plusieurs mois, cette information est erronée. Les disparitions, principalement des bateaux, ont triplé ! Personne, pas même les scientifiques, ne sait expliquer ce qui s'y passe…

— Et tu penses que cela peut avoir un lien avec Kerta ?

— Avec Kerta, je ne sais pas. Mais c'est tout de même très étrange ! J'ai pensé que tu aurais peut-être davantage d'informations ?

Lonicéra posa son regard songeur sur la ligne d'horizon. Depuis tout ce temps, elle avait appris à tempérer son impulsivité, mais parfois, celle-ci se réveillait malgré elle. Et alors que Jeff lui rapportait ces faits étranges, elle ne pouvait s'empêcher de penser à Hédéra. En effet, depuis plusieurs jours maintenant, cette dernière lui rapportait des visions étranges, mais qui ne lui paraissaient pas fiables. Elle voyait des navires se faire engloutir par la mer déchaînée, et l'instant d'après, des milliers d'humains étaient endormis sur une plage. Et toujours, un chat noir se tenait à proximité et semblait veiller sur tout ce monde. Aujourd'hui, ces prémonitions semblaient vouloir prendre un sens et Lonicéra sentait sa curiosité s'aiguiser à nouveau. Mais une question la taraudait toutefois : y avait-il un lien quelconque entre la découverte de Jeff et les visions d'Hédéra, ou bien sa propre soif d'aventures se réveillait-elle au contact de son ami qui lui rappelait ses débuts parmi le peuple des fées ? Elle ne savait qu'en penser et estima que Tellus pourrait l'aider à y voir plus clair.

À peine eut-elle formulé ce souhait dans son esprit, que la marque sur son front s'illumina. Les visages gravés dans la pierre dressée à côté d'elle scintillèrent et la Déesse apparut à son sommet. Comme toujours quand elle se matérialisait, elle utilisait la pierre comme conducteur d'énergie. Lonicéra, qui pendant longtemps n'avait pas cru au pouvoir de la roche, s'en étonnait à chaque fois. Jeff se retourna, bouche bée, ne pouvant croire à l'apparition divine qui se trouvait, rayonnante, devant lui. Quant à Centaurea, elle se déplia de sa posture en lotus pour mettre genou à terre, tête baissée en signe de respect pour la Déesse. Celle-ci sourit à Lonicéra et lui dit de sa voix douce et bienveillante :

— Ta fille te ressemble tant, Lonicéra ! Redresse-toi, Centaurea, la rassura-t-elle alors en faisant glisser sa main diaphane sous le menton de la jeune fée. La fille de mon Élue est aussi ma fille. Tu n'as pas à t'incliner devant moi.

Centaurea lança un regard timide à sa mère pour obtenir son approbation, et finit par se relever. Tellus sourit à Jeff qui était toujours assis par terre, et déposa un baiser sur son front, qui eut sur lui l'effet d'un bol de vitamines ! Aussitôt, il sauta sur ses pieds fort maladroitement, manqua de tomber, mais se rattrapa à Centaurea qui l'aida à retrouver son équilibre en riant.

— Tu as bien fait de venir, Jeff ! lui dit alors la Déesse de la Terre. Tu prouves une fois de plus ta bienveillance envers le peuple de la forêt.

— Se passe-t-il quelque chose en Atlantique, Tellus ? demanda Lonicéra.

— Tu as le droit de t'adresser à Elle de cette façon, maman? questionna Centaurea à voix basse en se penchant vers sa mère.

— Oui, ma chérie ! J'en ai le droit. Nous conversons souvent ensemble, Tellus et moi, même si tu ne peux la voir ! Mais toi, tu ne devrais pas lui couper la parole !

La fée baissa le nez, réalisant son impolitesse, et adressa un regard d'excuses à la Déesse.

— N'aie crainte, Centaurea, la rassura cette dernière. Toi aussi, tu peux t'adresser à moi, comme tu le fais chaque jour depuis ta naissance ! – Tellus se retourna vers Lonicéra et reprit – Pour répondre à ta question, oui, je pense qu'il se passe des choses en Atlantique. Son équilibre, déjà précaire depuis de longues années, perd de son harmonie. Jeff ne s'est pas trompé : je sens l'œuvre de ma sœur au fond de l'océan.

— V… V… Votre sœur ? bredouilla Jeff

— Oui, Jeff ! Kerta est ma sœur ! La Déesse des Ténèbres et du Chaos. Nous ne pouvons aller l'une sans l'autre ! Si le mal disparaissait, le bien n'aurait plus de sens, et inversement. C'est comme dans ta culture : ton Dieu ne peut aller sans le Diable.

23

Cependant, l'équilibre doit être respecté. Si le mal devient trop puissant, le monde sera anéanti. Et nous ne pouvons laisser cela se produire.

— Donc si je comprends bien, intervint Centaurea, Kerta ne peut être détruite.

— En effet, acquiesça Tellus.

— Alors que pouvons-nous faire ? Sommes-nous tous condamnés ?

— Non, ma chérie ! la réconforta Lonicéra. Elle ne peut pas être détruite, mais elle peut être contrée ! Nous l'avons déjà fait à deux reprises par le passé, et je suis certaine que d'autres l'ont fait avant nous !

— Crois-tu que tu sauras encore, maman ?

— Ça se sent que tu n'as jamais vu ta mère à l'œuvre ! lança Jeff plein d'entrain. Penses-tu vraiment qu'elle en serait là aujourd'hui si elle était restée à se tourner les pouces et à regarder l'herbe sortir de terre ?

Devant le regard surpris de Centaurea, il se reprit.

— Bon, pour regarder l'herbe sortir de terre, je suis sûr qu'elle le fait ! Mais pour ce qui est de se tourner les pouces, sache que ta mère a toujours su prendre les choses en mains et qu'elle y arrivera cette fois encore !

— Merci, Jeff... murmura Lonicéra, émue par les paroles de son ami.

Il se tourna vers elle, coupé dans sa propre fougue, et vit le sourire bienveillant de Lonicéra.

— Merci d'avoir ainsi confiance en moi, murmura-t-elle.

— J'ai toujours eu confiance en toi, même quand tu étais la pire des pimbêches ! Comment pourrais-je douter de toi alors que tu es devenue une personne si extraordinaire ?

— Tu dois te rendre sur place, Lonicéra ! intervint Tellus. Comme ma sœur, je ne peux agir que par l'intermédiaire d'une personne en chair et en os ! Si elle a réussi à se matérialiser, je ne pourrai rien faire seule !

— Et c'est là que j'interviens ! fanfaronna alors Jeff. Regarde ce que je t'ai ramené, Océane... euh... Lonicéra...

Il grimaça devant sa maladresse et lui tendit une enveloppe scellée. À l'intérieur, Lonicéra y trouva des photographies d'un paysage paradisiaque, et d'autres documents ressemblant à un parcours de tourisme. Elle releva la tête pour observer son ami qui, toujours aussi enthousiaste, s'empressa de s'expliquer :

— Je me doutais que tu voudrais y aller, alors je t'ai mis là-dedans ce dont tu auras besoin pour te téléporter sur l'île de San Salvador, aux Bahamas. Et aussi un petit plus aux frais de ton ancien employeur !

Elle ne pouvait détacher son regard de cet homme qui dans une époque qui lui semblait fort lointaine, avait été le seul à voir son potentiel caché.

— Tout ce que je te demande, c'est de me faire savoir quand tu auras réussi, conclut-il.

— Merci pour tout, mon ami.

Il la prit une dernière fois contre lui, salua Centaurea et s'inclina devant la Déesse. Refusant de dire adieu une fois de plus, il tourna les talons sans un mot et se dirigea à l'endroit où le pêcheur l'avait déposé. En le regardant s'éloigner, Lonicéra lui envoya cette pensée par télépathie : « Merci de ne pas avoir dit : si tu réussis… » Puis Tellus s'évapora et les deux fées disparurent alors que Jeff faisait signe au pêcheur de venir le chercher.

Chapitre 2
Centaurea

— Je ne vois pas pourquoi je devrais rester ici ! lança Centaurea de sa voix courroucée.

— Je te l'ai déjà dit ! Tu es trop jeune pour entreprendre un tel voyage.

— Tu sais bien que c'est faux ! Hédéra n'a que deux ans de plus que moi, et elle a déjà fait plein de choses !

— Ce n'est pas pareil ! lui répondit Lonicéra en gardant son calme. Hédéra a eu vingt-huit ans de maturation dans sa rose, alors que toi, tu n'as eu que neuf mois.

— Arrête de vouloir me protéger, maman ! Je ne suis pas une humaine, je te le rappelle ! Je suis en âge de choisir si je veux être utile à la Déesse ou non !

— Et comment te défendras-tu si tu es attaquée ?

— J'apprendrais ! Comme tu l'as fait toi-même alors que tu n'étais pas encore une fée !

— C'est non ! lui asséna sa mère d'un ton péremptoire. Et je ne veux plus que nous en reparlions !

Centaurea lui lança un regard noir de reproche et sortit en courant de la maison arbre, bousculant son père au passage, pour se jeter dans le vide. Elle déploya ses ailes agiles et s'envola vers la rive du Loch Ness.

— Que se passe-t-il, petite fée ? questionna Briag en rejoignant son épouse à l'intérieur.

— Tu le sais très bien ! lui répondit-elle en souriant alors qu'il l'attirait contre lui. Ta fille n'en fait qu'à sa tête !

— Elle prend exemple sur sa mère, c'est tout ! dit-il gentiment, lui tirant une moue boudeuse. J'adore quand tu fais cette tête ! ajouta-t-il.

— Quelle tête ?

— La tête que tu fais quand tu sais que j'ai raison, mais que tu ne veux pas l'admettre ! Je ne sais pas qui, de toi ou de Centaurea, est la plus têtue, petite fée !

— N'aurait-elle pu prendre un peu plus de tes qualités d'elfe, au lieu de prendre mes défauts d'humaine ? plaisanta Lonicéra.

— Mais ce sont tes soi-disant défauts qui font ta force. Et tu sais que c'est pour cela que je t'aime.

Il l'embrassa alors, l'empêchant de répondre à son sens logique. Depuis onze ans qu'ils se connaissaient, ils n'avaient cessé de s'aimer. Leur amour était si fort que, bien que les elfes ne soient pas très féconds, ils avaient conçu ensemble Centaurea. Cela avait été la chose la plus merveilleuse qui leur soit arrivée.

Lonicéra avait cependant été déconcertée par la vitesse à laquelle sa fille grandissait. À peine était-elle née, que déjà elle apprenait à marcher et à parler. À un an, elle savait voler et commençait à faire les quatre-cents coups avec Goulven. Lonicéra n'avait pas envisagé sa maternité ainsi et avait très souvent tendance à couver sa fille comme une louve. Heureusement, Briag était là pour lui rappeler que les fées possédaient d'autres qualités, et que l'enfant devait faire ses expériences, loin des dangers du monde des humains.

Aussi Briag tenta-t-il de raisonner sa bien-aimée.

— Peut-être devrions-nous la laisser choisir ? lui dit-il. Elle est grande, maintenant.

— Elle n'a que neuf ans, Briag ! lui répondit Lonicéra sur le ton de l'évidence.

— Elle a déjà neuf ans… Quand comprendras-tu qu'à neuf ans, une fée est adulte ?

— Il faut bien que quelqu'un reste ici pour veiller sur le peuple, ne crois-tu pas ?

— D'autres sauront le faire aussi bien ! Cesse de t'inventer des excuses, Loni ! Je sais que tu veux la préserver au maximum, mais elle doit vivre sa vie ! Elle ne nous appartient pas, tu sais !

De sa voix douce et apaisante, Briag rendait toujours les choses évidentes.

— Oui, je le sais… Mais si elle vient et qu'il lui arrive quelque chose…

— Mais j'espère bien qu'il lui arrivera quelque chose ! Avança-t-il, déterminé. Imagine qu'il ne se passe jamais rien pour elle ! Aurais-tu voulu cela pour toi ?

— Non, Briag, je voulais dire…

— Je sais ce que tu entendais par là, mais pense à ce que je t'ai dit ! Va lui parler, Loni. Tu sais à quel point elle se sent mal à présent que vous vous êtes fâchées… et cela te permettrait aussi d'être plus sereine !

— Elle est si impulsive ! Je comprends qu'elle veuille faire ses propres expériences, mais elle ne s'était encore jamais érigée ainsi contre moi ! Mon intuition me dit qu'elle a raison de ne pas se laisser faire, mais ma condition de mère veut la protéger ! Je n'y peux rien !

— Si, tu y peux quelque chose. Laisse-la vivre sa vie, laisse-la suivre son instinct comme tu l'as toujours fait ! Laisse-la être impulsive et curieuse ! Comme toi, ce ne sera que de cette manière qu'elle s'épanouira et pourra devenir une fée aussi forte que toi !

— Tu as certainement raison… comme toujours ! finit-elle par admettre après une courte pause. Comment se fait-il que tu saches toujours tout ?

— Je suis ta part manquante, voilà tout ! répondit-il en riant avec elle.

***

Sur la plage au bord du loch, trois silhouettes se détachaient de la surface limpide de l'eau. À côté du corps fluet de Centaurea d'où dépassaient deux grandes ailes bleutées, la carrure imposante de Goulven contrastait. Il avait maintenant dix-sept ans et faisait honneur au peuple picte par sa stature guerrière. Partout où Centaurea se trouvait, on pouvait être certains de le voir, prétextant depuis toujours qu'il devait veiller sur elle comme sur la prunelle de ses yeux. Et partout où il était, on pouvait trouver Nessie, sa fidèle amie aquatique que les humains nommaient « monstre du Loch Ness », et qui l'aidait dans sa tâche de gardien du passage entre les mondes. Jouant avec des rochers au bord de la plage comme un enfant aurait joué à faire des ricochets avec des galets, la carcasse immense avait cependant moins de légèreté et aurait pu en effrayer plus d'un. Lorsque Lonicéra s'approcha, elle releva la tête et émit un profond soupir de contentement accompagné d'un retroussement de babines comique qui imitait un sourire maladroit.

— Bonjour, Nessie ! lui lança Lonicéra. Comment te portes-tu ce matin ?

— Je vais bien ! Et toi, mon amie ? lui répondit-elle alors que Centaurea, croisant les bras et se campant dans le sable comme un roc, se renfrognait.

— Bien, je te remercie. Et toi, moineau, ta journée te satisfait-elle ?

Devant le regard menaçant que lui lança Centaurea, Goulven ne fit que retourner la question à Lonicéra. Malgré son air bourru, il comprenait la jeune fée mieux que quiconque et savait fort bien repérer le moment de s'esquiver lorsque l'orage grondait. Il prétexta devoir retourner surveiller le passage du côté du monde des humains, et pendant qu'il escaladait le dos de Nessie pour s'enfoncer dans l'eau du lac, Centaurea se redressa et lui lança un regard courroucé en le traitant de lâche.

— Pauvre moineau ! commença Lonicéra en dodelinant de la tête. Il est tellement gentil…

Centaurea regarda sa mère, un air de reproche au visage, et se détourna d'elle aussitôt. Lonicéra ne put s'empêcher de trouver des similitudes entre sa fille et elle au moment où elle était arrivée sur Cherry Island. À la différence près que Centaurea était née fée, alors qu'elle-même ne l'était devenue qu'à vingt-huit ans. Briag avait raison. Une fée de neuf ans était capable de prendre ses décisions. Et même certainement mieux que l'humaine qu'elle avait été.

— Il devient agréable à regarder, n'est-ce pas ? lança Lonicéra à sa fille sur le ton de la confidence en arrivant à sa hauteur.

— Quoi ? Mais qui donc ? Qu'est-ce que tu racontes ? réagit aussitôt Centaurea, éberluée devant cette entrée en matière.

— Allez ! Tu peux me le dire ! Il est grand, fort, beau, bien qu'un peu gauche ! Un regard charmeur et beaucoup d'attention à ton égard… Ne me dis pas que ça te laisse indifférente !

— Tu racontes n'importe quoi ! Il est comme un frère pour moi ! Et puis, ne fais pas comme si nous nous étions réconciliées !

— Tu sais que quand il était petit, il voulait m'épouser ! Il en a voulu à Briag lorsque nous nous sommes mariés !

— C'est vrai ? Raconte… non, j'ai dit que je ne te parlais plus !

— Il n'y a pas de rancune chez les fées, ma chérie ! Ne me dis pas que tu as hérité de tous les défauts des humains ! Ceci dit, tu en as aussi les qualités, alors…

Devant les propos de sa mère, Centaurea se radoucit.

— Goulven n'est pour rien dans cette histoire, Centaurea ! lui dit calmement Lonicéra. Cela ne sert à rien de décharger ta colère sur lui.

— Qui donc est fautif, alors ? lança la fille à sa mère sur un ton de défi.

— Je suis responsable.

— Tu l'admets donc ?

— Je sais reconnaitre quand j'ai tort. Mais toi, tâche de te souvenir que s'emporter ne résout jamais rien. Comment veux-tu que je te considère comme une adulte si tu réagis comme une enfant ? Il ne sert à rien de s'énerver, ni même de rabrouer ce pauvre Goulven ! Lorsque tu es face à un problème, la réflexion prime, pas les émotions !

— C'est toi ou papa qui parle là ? questionna la jeune femme.

— Un peu les deux, je suppose. Écoute, je suis désolée. Mon intention n'est pas de t'étouffer. Je veux seulement te protéger.

— Mais tu ne pourras pas toujours surveiller mes arrières, maman ! Je dois apprendre par moi-même !

— C'est pour cela que, si tu le souhaites, tu peux venir avec nous.

Réalisant ce que sa mère venait de lui dire, la jeune fée commença à sautiller de joie, mais Lonicéra poursuivit :

— Tu peux venir, mais étant donné que c'est toi qui aurais pris soin du peuple en mon absence, c'est aussi à toi de choisir quelqu'un d'avisé pour te remplacer.

— Mais c'est une énorme responsabilité ! s'insurgea Centaurea.

— À toi de voir ! Soit tu restes ici et tu veilles sur le peuple de la forêt, soit tu viens avec nous et tu prends tes responsabilités ! Sur ce, la reine des fées se détourna de sa fille, consciente de l'effet d'excitation provoqué, et s'en fut dans la forêt, la laissant à ses pensées.

***

Le lendemain matin, à l'heure où la nature s'éveille aux rayons du soleil, chacun reçut l'appel mental de la reine des fées. Aussi, après l'ouverture des corolles humidifiées par la douce rosée automnale, le peuple se réunit au centre du village arboricole où se tenaient les rares assemblées.

Alors que les fées et les elfes arrivaient en nombre, Lonicéra était heureuse. Heureuse de vivre dans cette ambiance d'amour et de respect partagé de tous, dans cet endroit magnifique empli d'énergies positivement gaies et apaisantes. Il ne serait jamais venu à l'idée des fées de se quereller pour quoi que ce soit, et les elfes, avec leur tempérament jovial, mais réservé, étaient de bons compagnons de jeu pour elles. Tous vivaient en lien étroit avec les énergies de Tellus, Déesse Mère de la Terre. Aussi, les assemblées étaient-elles exceptionnelles, car gouverner le peuple sylvestre relevait plus de la surveillance de l'harmonie de la nature que de celle de l'ordre. Le rôle de Lonicéra n'était cependant pas moindre, car on lui demandait conseil sur beaucoup de choses ; elle trouvait souvent surprenant que des fées, nées comme telles, la questionnent sur la meilleure technique à employer pour faire pousser un arbre vigoureux, ou encore pour s'entretenir par télépathie avec autrui. Et lorsqu'elle faisait part à Briag de ses interrogations, il se mettait à rire et lui rappelait que chaque fée à un pouvoir particulier. Toutes disposaient de celui de faire pousser des arbrisseaux leur servant à récolter leurs repas, ou celui de voler, mais chacune avait un don personnel gravé en elle. Or, Lonicéra possédait de nombreux talents bien plus développés que la majorité de ceux des fées de Cherry Island. Elle avait été touchée par la grâce de la Déesse, et cela, même des années après, restait encore très présent dans la mémoire collective. Chacun l'admirait pour ce qu'elle avait fait pour le peuple grâce à ses dons : elle avait sauvé Cherry Island et le monde de la destruction et du chaos. Grâce à elle, les maisons arbres de l'île, bâties de l'enchevêtrement des plantes grimpantes formant des arabesques magnifiques avec les branches solides des grands chênes, avaient pu être sauvées. La nature avait pu continuer à s'épanouir et à prospérer durant les dix années de son jeune règne. Cependant, ses compagnons n'étaient pas oubliés pour autant. Briag était désormais considéré comme le roi des elfes, et son union avec Lonicéra rassemblait les deux peuples en un seul. Hédéra et Kieran n'étaient pas en reste, et étaient aussi sollicités que leurs compagnons. Les jeunes elfes se plaisaient à mesurer leur adresse au combat sous les conseils de Kieran, et Hédéra était devenue la référence en matière de guérison. Bien entendu, Briag et Kieran avaient toujours conservé leur talent naturel pour la confection de remèdes, mais la magie d'Hédéra s'était développée avec le temps et elle était désormais capable de guérir une plaie par le simple contact de sa main sur une peau lésée. Ketty apprenait auprès d'elle, se perfectionnant de jour en jour. Bien qu'humaine, il semblait qu'elle ne vieillissait plus dans ce monde, mais sa sagesse ne cessait de croitre. Moyrah, sa mère et sorcière des Monadliath, se félicitait de l'instruction que recevait sa fille tant aimée auprès du peuple qui avait jadis formé ses propres aïeules.

La forêt était désormais emplie du murmure croissant des êtres magiques qui avaient répondu à l'appel de leur reine. Le pouvoir de télépathie de Lonicéra s'était aiguisé avec le temps et lui permettait maintenant d'entendre les pensées des personnes qui l'entouraient quand elle le souhaitait. Cependant, elle se refusait d'entrer dans l'intimité des réflexions de chacun et n'exploitait que très rarement cette faculté. Mais aujourd'hui, elle ne pouvait ignorer les questions en trop grandes quantités qui se bousculaient dans la tête des fées et des elfes présents autour d'elle. Toutes et tous se demandaient ce qui se passait, entre excitation et appréhension devant ce rassemblement si mystérieux. La dernière fois qu'ils s'étaient tous réunis ainsi remontait à neuf ans, lorsque la princesse Centaurea était venue au monde. Elle avait alors été fêtée pendant de nombreux jours et de nombreuses nuits. Les chants s'étaient mêlés aux danses et aux éclats de rire. Alors, lorsqu'elle fut certaine que tout le monde était bien présent, Lonicéra s'avança vers le peuple de la forêt, entourée de Briag, Hédéra et Kieran, et chassa les derniers doutes de ses congénères.

— Cher peuple de la forêt ! commença-t-elle. Avant toute chose, je vous souhaite l'harmonie et la paix en ce début de journée magnifique. Je ne vais pas faire durer vos questionnements plus longtemps – un soupir de soulagement s'éleva de l'assemblée – et vous expliquerai sans détour l'objet de notre rencontre. – Elle fit une pause et reprit. – Hier, alors que je rendais mes hommages à ma tendre mère et ma tante disparues, j'ai été informée de faits étranges se produisant dans le monde des humains. Nous n'avons certainement pas lieu de nous inquiéter, mais nous aimerions savoir ce qui s'y passe afin d'éviter les désagréments que nous avons encourus il y a de cela onze ans. Je pense que nous n'aurons besoin que de quelques jours pour notre voyage, mais je souhaite toutefois qu'une personne de confiance veille sur vous pendant notre absence. Étant donné que je pars avec Briag, Hédéra et Kieran, mon choix s'est naturellement porté sur ma fille, Centaurea. Cependant, elle souhaite nous accompagner. Je lui ai donc laissé la liberté de choisir qui la remplacerait.

Tous les regards se tournèrent alors vers la princesse qui, d'un pas assuré, vint prendre place à côté de sa mère. Vêtue d'une robe en lin blanc, le bleu de ses ailes scintillait sur ce contraste. Une cape tissée par les elfes posée sur ses épaules la protégeait de l'humidité de l'air qui annonçait la pluie.

Centaurea se dressa devant la foule avec toute l'assurance dont elle disposait, mais Lonicéra savait que sa fille était terrifiée à l'idée de s'adresser à autant de personnes en même temps. Malgré tout, sa volonté de faire partie de l'aventure était telle qu'elle cacha son appréhension et prit la parole.

— Comme notre Reine, ma mère, vient de le dire, je souhaite accompagner l'expédition qui se prépare. Comment pourrais-je être une princesse avisée si je n'ai pas conscience du monde qui m'entoure ? – Lonicéra sourit intérieurement de l'intelligence de sa fille quant à l'expression de ses motivations. En présentant les choses ainsi, il lui serait impossible de reprocher quoi que ce soit à Centaurea. – Aussi ai-je réfléchi pendant de longues heures avant de prendre une décision quant à la personne qui me remplacera dans le rôle que ma mère m'a confié.

— Vas-y, ma chérie ! lui murmura Lonicéra par télépathie. Tu t'en sors très bien !

Centaurea fit mine de ne pas l'entendre, mais cet encouragement lui alla droit au cœur.

— Lilia et Gweltaz ont depuis longtemps prouvé leur loyauté et leur sagesse envers notre peuple, et c'est donc ensemble qu'ils veilleront sur vous pendant notre absence. Ils m'ont d'ores et déjà donné leur accord. – Lonicéra fut heureuse de ce choix avisé, mais retint sa respiration lorsque Centaurea poursuivit, la voix nouée par l'appréhension. – De plus, Ketty et Goulven nous accompagneront, et Sean reprendra momentanément son poste de gardien du portail entre les mondes. Grâce à leurs cultures différentes, ils nous permettront d'avoir un œil extérieur sur ce que nous aurons à affronter.

Centaurea cessa de parler, mais ne se retourna pas, consciente de la stupéfaction de sa mère. Toutefois, si elle était en colère, Lonicéra n'en montra rien et se contenta de s'adresser une dernière fois à son peuple :

— Allez en paix, chers amis du peuple de la forêt, et à très bientôt. – Puis uniquement pour Centaurea – *J'espère que tu es consciente que tu es désormais responsable de la vie de Goulven et de Ketty.*

— Ils m'ont fait cette requête et j'ai pensé que cela serait une bonne idée, répondit-elle à voix basse pour que personne d'autre ne l'entende, car malgré ses nombreux talents, elle ne possédait pas encore le don de télépathie.

— Tu es responsable de leurs vies… répéta Lonicéra avant de se retirer en inclinant la tête devant son peuple en signe de respect.

Chapitre 3
Le départ

Depuis qu'elle était reine du peuple des fées, Lonicéra était devenue plus sage et réfléchie... par la force des choses ! On attendait de la souveraine clairvoyance et conseils avisés. L'image qu'elle donnait d'elle s'était révélée être aussi importante dans ce monde que dans celui des humains, et elle se faisait un devoir de répondre aux attentes de ses sujets. Fort heureusement, grâce à la tolérance hors du commun du peuple sylvestre, elle n'avait pas à se préoccuper de jugements de quelque sorte que ce soit. Malgré tout, sa charge de reine lui pesait souvent. Mais lorsqu'elle se retrouvait dans son cercle intime, elle redevenait la Lonicéra d'autrefois : une jeune fée emplie de fougue et de soif d'aventures. Aussi, dissimulait-elle à grand peine son impatience alors qu'elle attendait la venue de ses compagnons de route dans la clairière. Elle ne pouvait s'empêcher de sautiller sur place comme un zébulon en boite, sous le regard amusé de Briag. Assis derrière elle, il riait intérieurement de la voir réagir dès qu'un bruit lui parvenait, annonçant certainement la venue proche du reste de l'expédition. Il lui semblait revoir la jeune fée qu'elle avait été et dont il était tombé éperdument amoureux. Elle était toujours aussi désirable et ses vêtements de voyage ne faisaient qu'accentuer cette beauté sauvage qui lui avait tant plu dès le premier regard.

Enfin, Hédéra et Kieran arrivèrent. Lonicéra stoppa ses gesticulations, et Hédéra, impassible, vint se ficher devant elle. Et alors que Kieran s'apprêtait à rejoindre Briag, les deux elfes sursautèrent au cri que les fées poussèrent à l'unisson. De leur état de calme apparent, elles étaient passées à un état de surexcitation qu'ils ne leur avaient pas connu depuis de nombreuses années. Elles qui étaient désormais si posées, sautaient à présent sur place, se tenant par les mains. Tournant en une ronde improvisée comme des enfants, elles finirent par rouler au sol, leurs rires leur coupant la respiration.

— Seriez-vous heureuses, chères petites fées ? demanda Kieran en venant s'asseoir dans l'herbe à côté d'Hédéra, toujours allongée dans la fraîcheur de l'herbe.

— Non, je ne pense pas ! lui répondit Briag sur un ton ironique en venant se joindre à eux. Je crois au contraire qu'elles appréhendent ce voyage !

Les yeux pétillants, les fées se redressèrent, retenant difficilement leurs hoquets de joie, et Hédéra lança à ses amis.

— Quelle que soit l'aventure qui nous attend, il est si stimulant de repartir sur les routes après tant d'années !

— Ensemble, comme au début ! ajouta Lonicéra. Tous les quatre, loin du protocole et de la pondération que nous devons afficher chaque jour ! J'avoue que l'aventure me manque…

— Alors, c'est parti ! dit Kieran en se relevant.

— Pas sans Centaurea ! l'interrompit Briag. *Elle arrive.*

En effet, quelques secondes plus tard, la jeune fée fit son apparition dans la clairière accompagnée de Goulven et Ketty. Elle resplendissait, toute à son bonheur de découvrir le monde avec ses amis. Ces trois-là s'étaient bien trouvés et passaient beaucoup de temps ensemble. C'était Ketty qui avait aidé Lonicéra à mettre Centaurea au monde. Et lorsqu'elle avait pris le petit être dans ses bras, elle s'était sentie sereine, certaine qu'elle voudrait un jour être mère à son tour. Le bébé avait déployé ses petites ailes, et malgré sa fragilité apparente, avait touché de ses mains le visage de la jeune femme, lui communiquant de la reconnaissance pour l'avoir aidé à naître. Ketty en avait été troublée au plus profond d'elle-même. Et alors que l'enfant était dans les bras de sa mère, la sorcière avait entendu son doux murmure lui disant qu'elles seraient désormais liées à jamais. Puis, la petite s'était endormie contre le sein de Lonicéra et n'avait depuis lors plus manifesté aucun don de télépathie. En grandissant, Ketty était devenue son modèle. Centaurea lui parlait de tout, la questionnait sur tout, voulait tout savoir sur tout ! Et bien sûr, Ketty se faisait un devoir de lui répondre et de l'aiguiller dans ses décisions, l'incitant à réfléchir pour trouver la meilleure solution. Ainsi, elle avait fait le choix de protéger la princesse au péril de sa propre vie. De cela, Ketty n'en avait pas parlé à la reine des fées, souhaitant garder pour elle ce lien intime avec la princesse. Même Centaurea ne savait pas d'où venait cet attachement qu'elles avaient l'une pour l'autre. Elle était une fée nouvelle née lorsqu'elle avait accordé sa confiance à Ketty, et sa mémoire ne remontait plus si loin. Aussi, ne connaissait-elle pas les raisons profondes de la présence de Ketty auprès d'eux, mais elle s'en réjouissait tout de même. Avoir sa confidente et son compagnon de jeux avec elle dans cette aventure dont elle rêvait depuis si longtemps lui donnait du baume au cœur.

Quand elle vit le regard amusé de sa mère, qu'une fois de plus elle ne s'expliquait pas totalement – sa part humaine l'avait toujours intriguée – Centaurea sut que la présence de ses amis lui serait d'un plus grand soutien qu'elle ne l'avait pensé au départ. Lonicéra avait le chic pour l'encourager à découvrir les choses par elle-même, et en même temps lui pointer du doigt les incohérences qui en découlaient. Cette méthode était certes instructive, mais la jeune fée aurait parfois préféré se rendre compte de ses erreurs seule ! C'est pourquoi elle décida de prendre le sourire de Lonicéra comme une marque de défi. Elle continua donc à avancer, bombant la poitrine d'un air triomphant pour se donner plus de contenance, alors qu'elle rejoignait ses parents. Briag s'était rapproché de Lonicéra. Centaurea se figurait fort bien qu'ils étaient en train de discuter mentalement. Elle avait déjà observé tant de fois le petit sourire complice que son père adressait en cet instant à sa mère. Et devant le regard débordant d'amour pour sa fille qu'il posa ensuite sur elle, elle pouvait être certaine qu'elle était le sujet de cette conversation !

— Ça y est ! Nous sommes prêts ! lança Centaurea en se campant devant eux. Nous pouvons partir !

— Pas tout à fait, lui répondit sa mère. Avant tout, nous avons quelques révisions à faire ! *Judicieux, le choix de la robe pour partir en voyage, ma chérie !* ajouta-t-elle à l'adresse de sa fille.

Centaurea réalisa alors qu'elle avait voulu paraître sûre d'elle, mais qu'elle en avait oublié le but de leur voyage. Ce ne serait sûrement pas de tout repos, et des vêtements de voyage auraient été plus appropriés pour l'occasion. Lonicéra posa sa main sur son épaule pour la rassurer, et Centaurea lui adressa un sourire de reconnaissance. Puis, sortant trois sachets de soie, lacés avec des tiges de fougères, elle en donna un à chacun des jeunes gens présents.

— Une dague ? s'étonna Centaurea en découvrant le contenu de son sac. Que veux-tu que je fasse avec une dague ?

— Peut-être rien, lui répondit sa mère. En tout cas, je l'espère. Mais on n'est jamais trop prudents. C'est Gweltaz qui les a forgées, comme celles qu'il nous a offertes à Hédéra et moi lors de notre premier voyage. Elles nous ont alors été d'une grande aide.

— Merci, Lonicéra, dit Goulven en s'inclinant. Je saurai en prendre soin.

— *Je n'en doute pas un instant. Et ainsi, tu pourras défendre Centaurea si besoin est.*

Goulven s'inclina à nouveau en signe d'acquiescement, ce qui n'échappa pas à la jeune fée.

— Que lui as-tu dit, maman ? s'inquiéta-t-elle.

— Ce que j'avais à lui dire, ma chérie, et qui ne regarde que nous, lui répondit évasivement sa mère, laissant planer ce mystère qui aiguisait souvent la curiosité de Centaurea.

— Merci, Lonicéra, dit à son tour Ketty. Ce présent pourra m'être très utile dans la conception de potions. En espérant que nous n'aurons pas besoin d'y recourir.

À son tour, Lonicéra s'inclina devant la sorcière. Lorsqu'elle se redressa, elle regarda Centaurea dans les yeux et lui annonça qu'il était temps pour elle de faire quelques essais de téléportation. La princesse avait déjà essayé à plusieurs reprises de se déplacer ainsi, mais elle avait toujours échoué. Lonicéra était convaincue que si elle n'y arrivait pas, c'était simplement parce qu'elle n'en ressentait pas l'utilité. En voyant sa fille fermer les yeux, froncer les sourcils et concentrer toute son attention sur l'arbre situé à l'autre bout de la clairière, elle réprima son rire qui ne demandait qu'à éclater. Centaurea mettait une telle volonté à sa tâche, que l'amusement de sa mère l'aurait à n'en pas douter vexée. Devant la lutte qu'elle menait, Lonicéra vint lui prendre les mains. Par leurs énergies conjuguées, elle les téléporta jusqu'à l'arbre en question. Centaurea ouvrit les yeux, pensant avoir réussi seule, mais lorsqu'elle vit sa mère à son côté, elle se renfrogna aussitôt, comprenant qu'elle avait échoué.

— Concentre ta volonté sur le but à atteindre, Centaurea, lui conseilla Lonicéra. Ne pense à rien d'autre.

— Facile à dire ! maugréa la jeune fée, qui aussitôt referma les yeux pour mieux s'imprégner de son objectif.

Au bout de quelques minutes, elle les rouvrit et grogna à l'adresse de sa mère.

— Tu peux me ramener là-bas maintenant ?

Lonicéra accéda à sa requête, et en une fraction de seconde, elles se trouvèrent à nouveau auprès de leurs compagnons. Lorsqu'elles apparurent, Ketty et Goulven sautèrent de joie, mais furent aussitôt arrêtés dans leur élan par le regard renfrogné de Centaurea. Elle n'avait pas réussi.

— Pourquoi m'embêtes-tu ainsi, maman ? Tu peux très bien nous téléporter grâce à l'aide de notre Déesse là où nous devons aller ! Je n'ai pas besoin de savoir le faire pour le moment !

— Comme tu me l'as si bien dit, je ne serai pas toujours là pour te défendre. Certes, tu dois faire tes propres expériences, mais tu dois aussi pouvoir te protéger. Je ne me pardonnerais pas s'il t'arrivait quelque chose de néfaste par ma négligence.

— Et tu trouves qu'apprendre à fuir est une protection honnête ?

— Parfois, la meilleure protection est la fuite, ma chérie. Mais la téléportation ne sert pas qu'à ça…

À ce moment, sans même s'être concertés, Kieran s'approcha de Lonicéra par-derrière et tenta de la saisir par les épaules. Centaurea poussa un cri de surprise devant le comportement si inhabituel de Kieran. Elle voulut s'avancer pour délivrer sa mère de la poigne de l'elfe, mais en moins de temps qu'il ne faut pour le dire, les rôles se trouvèrent inversés. Lonicéra avait disparu pour aussitôt reparaître derrière Kieran, sa dague posée sur la gorge de l'elfe.

— Tu vois maintenant que la téléportation ne sert pas qu'à fuir ! dit-elle à une Centaurea ébahie alors qu'elle relâchait la pression sur la gorge de Kieran. Cela peut te sauver la vie – elle inclina la tête vers Kieran avec un sourire complice aux lèvres pour le remercier de sa participation, et s'adressa à nouveau à sa fille –, mais si tu ne veux pas apprendre, soit. Je ne te forcerai pas. Et même si je le voulais, cela ne servirait à rien. Nos pouvoirs ne nous arrivent que lorsque nous sommes prêtes à les recevoir.

— Il est temps de partir, petite fée, lui dit Briag en lui effleurant le bras. La leçon continuera une autre fois.

Lonicéra acquiesça et, le regard pétillant, s'approcha de ses compagnons de voyage. Elle sortit de son sac à dos l'enveloppe que Jeff lui avait donnée sur l'île de Molène, et en retira une photographie du lieu où ils allaient apparaître : une grotte située sur l'île de San Salvador, aux Bahamas. Jeff avait dû s'y rendre lui-même, car l'image ne provenait pas d'une brochure touristique, mais d'un appareil photo privé. Il avait choisi ce lieu abrité des regards pour plus de discrétion. Malgré tout, Lonicéra demanda à Hédéra de sonder les lieux par la pensée afin d'être certaine que personne ne pourrait les voir arriver. Fort heureusement, l'endroit était vide de toute présence humaine. Tous se prirent par la main et Lonicéra concentra son énergie sur la caverne au sable blanc. Elle sentit l'énergie de la terre lui parvenir par la plante de ses pieds et se répandre dans tout son être. Goulven commença à psalmodier les incantations permettant l'ouverture du portail entre les mondes, et en un rien de temps, ils disparurent du monde magique de Cherry Island.

Chapitre 4
San Salvador

Centaurea ne comprenait pas… Comment se faisait-il que la Déesse, Mère de la Terre, ne se soit pas matérialisée lorsqu'elle avait aidé Lonicéra à les téléporter dans cette grotte ? Sur une telle distance, et avec autant de monde à transporter, une fée n'aurait pas été assez forte !

— Que croyais-tu, ma chérie ? lui dit alors Lonicéra qui avait lu ses pensées. La Déesse ne nous apparaît pas dès que nous en appelons à la magie ! Nous avons aussi nos capacités propres !

— Ta mère a raison, Centaurea, intervint Hédéra. Avant que nous ne soyons touchées par Tellus, nous avons parcouru un long chemin, appris beaucoup de choses sur nos pouvoirs. Nous les avons développés progressivement. Nous sommes des fées avant d'être des représentantes de la Déesse !

— Qui plus est, renchérit Goulven avec enthousiasme, je n'ai jamais vu meilleure combattante que Lonicéra ! Si tu l'avais vue terrassant Balthazar, et…

— D'accord, d'accord, j'ai compris ! l'interrompit Centaurea. J'ai toujours cru que la légende était bien plus forte que la réalité, mais c'est certainement faux. Tu es vraiment forte…

— Non, pas forte, ma chérie. Nous sommes seulement en lien étroit avec les énergies de la nature. Et par la force des choses, nous avons appris à les exploiter plus que n'importe quelle autre fée. Nous n'avons pas eu le choix.

Lonicéra avait pris sa fille par les épaules et la fixait dans les yeux.

— Maintenant, regarde ce qui t'entoure, et cesse de te poser trop de questions, d'accord ?

La jeune fée hocha la tête en signe d'assentiment, et alors qu'elle allait rejoindre ses compagnons émerveillés par la beauté du lieu où ils se trouvaient, elle entendit la voix de sa mère : « *Je suis heureuse que tu sois avec nous. Tu vas enfin savoir qui sont réellement tes parents, loin du protocole imposé par mon statut. Je t'aime, ma chérie ! »*

Sans vraiment le dire, Lonicéra voulait que sa fille découvre son propre amour des voyages et du changement. Mais elle connaissait aussi la naïveté toute naturelle de son enfant et ferait tout pour la préserver. Aussi, lorsqu'elle la vit s'élancer en direction de l'océan en activant ses ailes, elle lui demanda de s'arrêter. Emportée par son élan, Centaurea décida de l'ignorer, et ce, même lorsque Lonicéra réitéra sa requête. Aussitôt, celle-ci se téléporta au-devant de sa fille, la faisant presque tomber en arrière sous le coup de la surprise occasionnée par cette brusque apparition.

— Tu m'as fait peur, maman ! haleta-t-elle.

— Toi aussi ! répondit calmement Lonicéra. Quand je te donne un ordre, j'aimerais que tu m'écoutes ! Tu sais que je n'en donne jamais à la légère ; il y a toujours une raison... – devant l'air coupable de Centaurea, elle poursuivit. – Pendant ce voyage, quand je te dis de t'arrêter, tu t'arrêtes, quand je te dis de fuir, tu fuis. Tu ne resteras avec nous qu'à cette condition.

— Tu ne te rends pas compte du risque que tu prends, et que tu nous fais courir à tous en te lançant ainsi sans réfléchir dans le monde des humains ! la réprimanda Briag qui était arrivé à leur hauteur.

Briag était d'habitude plus ouvert que Lonicéra quant aux expériences que devait faire sa fille, mais cette fois-ci, il renchérissait sur le reproche de Lonicéra, et cela interrogeait Centaurea. Que risquait-elle de si grave si elle se montrait en plein jour aux humains ? Et que risquaient ses compagnons de voyage ?

— Tes ailes ! continua Lonicéra. Les humains t'enfermeraient pour t'étudier s'ils voyaient que tu as des ailes.

— Sont-ils si intolérants ?

— Non, bien sûr, ma chérie. Mais ce qui leur fait peur, ou qui les interroge, n'est jamais bienvenu... J'aurais dû te prévenir. Tu vas essayer de rouler tes ailes pour qu'elles ne dépassent plus de ton corps, comme cela.

Sur ce, les ailes de Lonicéra disparurent. Centaurea se tourna, surprise, vers Hédéra, dont les ailes se rétractèrent aussitôt dans son dos. Si elles avaient réussi, pourquoi elle, Centaurea, ne pourrait-elle y arriver ? Elle se concentra de toutes ses forces et souhaita que ses ailes ne soient plus visibles. Aussitôt, elle sentit la peau à leur base s'entrouvrir et les deux voilures bleues s'y insérer.

Elle tourna la tête, passa les mains dans son dos, et dût se rendre à l'évidence qu'elle avait réussi ! Le regard triomphant en direction de sa mère amusée, elle commença à avancer vers la sortie de la caverne.

— Encore une chose, petite impatiente ! lui dit Kieran en riant. Quelle est l'autre différence que nous avons, nous, fées et elfes, par rapport aux humains ?

— Je ne sais pas ! Nous sommes plus agiles ? hasarda-t-elle.

— Vous avez les oreilles pointues, petite maligne ! la rabroua gentiment Goulven en s'approchant d'elle.

Il prit dans sa grande main maladroite la brindille de bois qui retenait les cheveux de Centaurea en un chignon déstructuré. Une cascade rousse soyeuse s'abattit sur ses épaules, cachant ses oreilles pointues à la vue de chacun. Puis, Goulven noua derrière la tête de son amie deux petites mèches pendantes qui lui encadraient le visage. Ainsi, elle ne serait pas gênée par ses cheveux, et son identité resterait cachée. Il la regarda alors d'un air satisfait et soudain embarrassé, le rose lui monta aux joues. Il se recula sans un mot. Centaurea le regarda d'un air surpris, ne comprenant pas le trouble qui s'était emparé de lui. Lonicéra et son compagnon se jetèrent un coup d'œil entendu. Prenant pitié du jeune homme, Briag s'avança vers le groupe pour détourner l'attention.

— Kieran ? As-tu pris nos couvre-chefs ?

— Bien sûr, mon ami ! lui répondit ce dernier en lui tendant un foulard avant de nouer le sien autour de sa tête afin de cacher le bout de ses oreilles. Ainsi, nous passerons inaperçus !

— Eh bien ! Je crois que nous sommes prêts ! intervint Lonicéra qui avait elle aussi dénoué ses cheveux frisés. Allons découvrir la clarté du soleil !

En avançant, elle posa sa main sur l'épaule de Goulven pour l'encourager à profiter de ce moment et lui dit mentalement : « *Ne t'en fais pas, moineau ! Elle comprendra bientôt !* » À ces paroles, il lui adressa un sourire mélancolique que Centaurea ne manqua pas de noter, et reprit son entrain naturel en s'élançant hors de la grotte.

***

« Regarde, Centaurea ! s'écria Goulven avec émerveillement alors qu'il était plongé dans l'océan jusqu'aux cuisses. As-tu déjà vu une eau de cette couleur ? Ce bleu émeraude est magnifique ! Il miroite de mille tons, comme tes ailes ! »

Elle était arrivée à sa hauteur et, plus petite que lui, était immergée jusqu'à la taille. Elle rougit à cette remarque concernant la beauté de ses ailes, mais Goulven ne sembla pas le remarquer, charmé par ce lieu paradisiaque.

— Regarde les poissons ! En as-tu déjà vu de si colorés ? Nessie serait aux anges si elle voyait cela ! continua-t-il avant de plonger pour ressortir de l'eau quelques mètres plus loin. Et l'eau ! ajouta-t-il en se léchant les lèvres ! Elle est salée ! C'est extraordinaire !

— Salée ? l'interrogea Centaurea qui plongea à son tour pour réapparaître à ses côtés. Tu as raison ! C'est des plus surprenant ! Incongru même !

Riant à gorge déployée devant cette nouveauté, ils essayaient d'attraper les vagues lorsqu'elles arrivaient à leur niveau, se laissant bercer par le remous. Soudain, Centaurea poussa un cri d'étonnement et se retrouva suspendue aux bras de son ami contre qui elle était venue se réfugier. Une tortue était venue buter contre ses jambes et l'avait surprise, toute excitée qu'elle était. Lonicéra, qui était entrée dans l'eau avec le reste du groupe, éclata de rire et plongea vers l'animal qui avait effrayé sa fille. Lorsqu'elle ressortit de l'eau, un sourire rayonnant aux lèvres, Centaurea, dont la curiosité s'aiguisait à nouveau, la questionna :

— Quelle est donc cette créature étrange ?

— C'est une tortue de mer, ma chérie. Elles sont magnifiques, n'est-ce pas ? Elles ont tant de grâce lorsqu'elles sont sous l'eau... Sur terre, elles deviennent vulnérables...

— C'est vrai qu'elles sont belles, acquiesça-t-elle, toujours accrochée au cou de Goulven qui riait dans ses cheveux roux. Mais je ne m'attendais pas à trouver un animal aussi étrange ici !

— Les animaux de ce monde ne sont guère différents de ceux de Cherry Island ! Ils ont seulement oublié comment parler intelligiblement avec nous ! Ils continuent cependant à communiquer par d'autres moyens que tu arriveras vite à repérer ! Sonde-les comme tu le fais d'habitude ! Tant que tu veilles à ne pas dévoiler aux humains tes capacités hors du commun, tu peux tout faire ! La

46

nature est la même partout ! Seuls les agissements envers elle sont différents !

— Je le pense aussi ! renchérit Hédéra dont les larmes étaient montées aux yeux. Ici, la nature est préservée… Les hommes respectent notre Mère…

Kieran, qui nageait autour de son âme sœur, vint la prendre dans ses bras pour la réconforter. Il savait que la seule image qu'ils avaient eue de l'océan avait profondément bouleversé Hédéra, et continuait de la réveiller certaines nuits ; une image de nature souillée par les rejets d'hydrocarbures qui s'échouaient sur les plages et les rochers. Mais ici, elle se sentait soulagée de voir la beauté qui l'entourait. Soudain, son regard devint absent, et Kieran, Lonicéra et Briag se figèrent. Ils étaient désormais habitués aux prémonitions de leur amie, mais elles étaient d'ordinaire contrôlées. Dans le cas présent, rien ne justifiait qu'Hédéra eut souhaité cette vision. Centaurea, qui était descendue de son perchoir et s'amusait maintenant avec Ketty et Goulven à s'éclabousser, ne s'aperçut pas tout de suite du changement de situation. Mais lorsqu'Hédéra revint à elle, la jeune fée fut surprise de l'entendre parler d'une voix monocorde.

— Nous devons partir, maintenant. Notre voyage ne fait que commencer. Nous devons avancer. Une personne nous attend.

— Qui est cette personne ? questionna Lonicéra.

— Je l'ignore, mon amie. Mais elle nous en dira davantage sur ce que nous cherchons.

— Sais-tu vers où nous devons aller ? demanda à son tour Ketty.

— Je le saurais au fur et à mesure de notre progression. Et toi aussi. Tu as ce don, Ketty. Exploite-le. C'est toi qui nous guideras, si tu le souhaites. Ainsi, grâce à notre voyage, tu continueras ton apprentissage.

Devant le regard bienveillant de son mentor, Ketty sortit de l'eau et partit prendre son sac à dos resté sur la plage. Une fois qu'ils l'eurent imitée, elle murmura une incantation et tous ressentirent un souffle chaud sécher leurs corps et leurs vêtements. Puis, satisfaite, la jeune sorcière se concentra sur le but à atteindre, cherchant à développer son intuition, et prit la tête du groupe pour se diriger vers le nord. Un iguane s'était approché et les regardait. Ses deux yeux globuleux semblaient les interroger sur leur présence. Ils longèrent la côte pendant un kilomètre ou deux, suivis par le reptile qui avait décidé de prendre part à l'expédition. Bien que silencieuse, Hédéra n'en oubliait pas moins de rester attentive à la progression de son élève. Et alors que Lonicéra lisait à voix haute les explications de la brochure touristique que Jeff avait pris soin de glisser dans l'enveloppe, indiquant que l'île avait autrefois été un repère de boucaniers, Hédéra aperçut au loin la silhouette dont elle avait eu la vision.

La femme était de stature moyenne. Ses longs cheveux noirs de jais dansaient dans le vent qui s'était soudainement levé. Ils étaient aussi sombres que le chat noir qui venait de sortir des feuillages et qui se tenait maintenant à égale distance entre elle et le groupe. Ils étaient de l'intense couleur de ténèbres des ailes des cormorans qui voltigeaient au-dessus d'elle. Les oiseaux tournoyaient en un ballet incessant, l'un d'eux se détachant par moment de la volée pour plonger dans l'océan. Il en ressortait presque aussitôt, un poisson dans le bec, et s'éloignait avec sa proie vers les palmiers qui bordaient la plage. Un autre venait alors prendre sa place, et la danse se poursuivait ainsi. Lorsque les êtres sylvestres atteignirent le chat, celui-ci les regarda passer, et leur emboîta le pas. Il semblait surveiller tout ce petit monde, plus encore que l'iguane qui avançait péniblement.

Lonicéra et ses compagnons arrivèrent à hauteur de la femme. Goulven ne put retenir un soupir de contentement à la vue de cette beauté irréelle. Centaurea lui lança un regard courroucé, mais il ne le remarqua pas. Ses pensées étaient embrumées par quelque magie étrangère. La femme n'était vêtue que d'un pagne rappelant la voile d'un bateau, et une coquille St Jacques recouvrait chacun de ses seins. Lonicéra ne put que sourire devant ce cliché parfait de la sirène, digne de toutes les représentations qu'en faisaient les humains !

Quand ils s'arrêtèrent devant elle, elle déposa au sol le petit iguane qu'elle tenait sur son avant-bras. Elle lui dit de partir, mais il ne bougea pas. Il la regardait de ses yeux ronds sans expression, et enroula sa longue queue d'écailles autour de la cheville de la jeune femme. Il hérissa ensuite sa crête dorsale, espérant ainsi mieux la séduire. Elle rit devant ce comportement, et laissa la créature se repaître de sa beauté pendant qu'elle s'adressait au petit groupe qui l'observait.

— Bienvenue à San Salvador, voyageurs. – Sa voix claire tintait d'un accent envoûtant – Qu'est-ce qui amène trois fées, deux elfes et deux humains dans ces contrées si éloignées de leur monde ?

— Nous avons entendu l'appel de ton peuple, lui répondit Lonicéra. Nous venons vous apporter notre aide, si vous le désirez.

— C'est fort aimable à toi, Lonicéra, Reine de Fées, poursuivit la femme en s'inclinant. Mais es-tu certaine que nous avons besoin d'aide ?

— Nous avons eu vent de grandes perturbations se produisant ici. Toi seule peux savoir si notre intervention est justifiée. Mais si elle ne l'est pas, nous repartirons de ce pas auprès des nôtres.

À ces paroles, Briag, Kieran et Goulven se tournèrent vers Lonicéra, l'air contrarié, mais s'abstinrent de tout commentaire. Jamais Briag ne l'avait regardée de la sorte. Mais aujourd'hui, il semblait en colère contre elle.

— *Que t'arrive-t-il, Briag ?* lui demanda-t-elle de manière à ce que personne ne l'entende. *Qu'ai-je dit qui te chagrine ainsi ?*

— *Tu veux repartir... Je ne veux pas... Je veux la suivre...*

— *La suivre ? Mais pourquoi ? En plus, je n'ai pas dit que je voulais partir !*

— *Si, tu l'as dit ! Et ne me regarde pas comme ça !*

— *Briag ! Regarde-moi !* – elle se plaça devant lui et prit le visage aimé entre ses mains – *Ne te laisse pas envoûter par cet être de la mer. Je pense qu'elle fait partie du peuple des sirènes. Te souviens-tu des histoires que je racontais à Centaurea sur ce peuple ?* – il hocha la tête de manière affirmative – *Alors, reprendstoi ! Ce n'est pas elle que tu aimes !*

— Non, c'est toi, mon amour... murmura-t-il en reprenant ses esprits. Pardonne-moi. Je n'étais plus moi-même.

À côté d'eux, Hédéra semblait inquiète. Kieran serrait les poings en fixant Lonicéra. Celle-ci ne s'en formalisa pas. Et alors que Briag essayait de faire retrouver pleine conscience à son ami en lui parlant par télépathie, elle se tourna à nouveau vers la jeune femme qui était restée silencieuse pendant leur discussion mentale. Cette dernière se détourna d'eux et leur désigna de la main une barque échouée sur la plage, comme une invitation à la suivre. Puis, avec grâce, elle détacha l'iguane de sa jambe où il était toujours accroché. Elle donna une accolade à celui qui avait suivi le groupe et qui recherchait maintenant à attirer son attention. Elle s'avança jusqu'à l'océan et plongea dans l'écume des vagues légères, entraînant à sa suite les cormorans qui s'éparpillèrent dès qu'elle eut disparu dans les flots. Au loin, Lonicéra put voir briller les écailles luisantes de sa queue de poisson qui avait repris son apparence. Progressivement, Kieran et Goulven se réveillèrent de l'envoûtement qu'elle avait pratiqué sur eux, et penauds, se regardèrent, ne comprenant pas ce qui venait de se passer.

Lonicéra leur expliqua que les sirènes avaient le pouvoir de faire perdre la tête aux hommes grâce à leur grande beauté et leur chant. Et même si leur mission était d'aider ce peuple, ils devraient malgré tout apprendre à s'en prémunir.

— Vous êtes des elfes, et toi, Goulven, tu n'es pas un simple humain. Tu es un picte ! Votre force est grande. Mais vous êtes malgré tout des hommes ! Les sirènes vous convoiteront pour cela. Vous devrez vous protéger à chaque instant.

— Nous sommes prêts, Loni, lui dit alors Kieran. Je garderai en permanence mon bouclier protecteur en action.

— Il ne faudrait tout de même pas qu'elles le prennent comme une marque de défi ! s'opposa Centaurea. Ton bouclier est visible ! Elles pourraient penser que tu es sur tes gardes !

— La protection physique est une chose, Centaurea, commença Hédéra. Mais la protection mentale en est une autre. Cela demande beaucoup d'énergie de l'activer, mais ils tiendront. Je leur fais confiance.

— Et Goulven ? Que faites-vous de Goulven ? Il ne sait pas faire cela ! s'insurgea la jeune fée.

— Nous l'aiderons à résister à l'envoûtement, lui répondit Lonicéra. *Et ta présence ne sera pas de trop ! Souviens-toi que tu as une grande influence sur lui. Tu sauras le remettre dans le droit chemin s'il s'égare.*

— *Es-tu certaine que je pourrai le faire ?*

— *L'amour peut faire beaucoup de choses, ma chérie ! Et puis, vois toi-même ! Tu arrives désormais à converser avec moi par télépathie ! Tu apprendras vite à protéger ta vie et celle des personnes que tu aimes !*

À ces mots, Centaurea sursauta et sembla seulement réaliser que sa mère avait raison. Avec un sourire à l'attention de sa fille, Lonicéra fit signe au groupe d'embarquer dans le petit bateau. Bien que les iguanes se soient déjà dispersés, le chat, quant à lui, était resté à les observer. Et quand ils prirent place dans le canot, il les suivit tout naturellement et vint poser ses pattes avant sur le bois vieilli par le sel. Il fixa Ketty de ses grands yeux verts aux pupilles fendues dans lesquels se reflétait le scintillement de la mer. Ketty lui rendit son regard énigmatique, certaine de le connaître depuis longtemps. Interloqués par cet échange intense quoique silencieux, Lonicéra et Briag comprirent que ce chat n'était pas ordinaire.

— Crois-tu qu'il doive nous accompagner, Ketty ? hasarda la fée.

— En effet, Lonicéra, répondit cette dernière sans le quitter des yeux. Je pense qu'il a des choses à nous apprendre.

Le chat inclina la tête en direction de la jeune sorcière, et celle-ci lui rendit cette marque de respect. Puis, avec toute l'agilité du félin qu'il était, il sauta à bord pour venir se pelotonner aux pieds de sa nouvelle amie.

La barque était tellement étroite que bouger ne serait-ce qu'un doigt relevait de l'inconscience ! Goulven, Briag et Kieran la poussèrent loin du sable. Grâce à leur légèreté, les elfes s'y hissèrent sans encombre. Mais lorsque Goulven les y rejoignit non sans faire rouler l'embarcation, et voulut attraper une rame, ils virent tous le moment où ils allaient basculer à l'eau. Lonicéra suspendit son geste. Elle ferma les yeux un instant et en appela aux énergies de la Terre. Elle fut heureuse de sentir que celles-ci étaient décuplées par la force stimulante de la mer. Et alors que la barque était revenue s'échouer, bloquée par la houle marine, ils avancèrent soudain sur l'onde, fendant les vagues qui se brisaient sur la coque. Lonicéra concentrait tout son pouvoir de télékinésie, et la barque lui obéissait. Elle les menait vers le large, où avait disparu la sirène quelques minutes plus tôt. Centaurea regardait sa mère qui avait rouvert les yeux, mais ne semblait pas la voir, concentrée sur son labeur. La jeune fée était fascinée par tant de maîtrise et commençait à comprendre la confiance aveugle que le peuple de la forêt accordait à sa reine.

Progressivement, une autre vie commença à prendre forme sous l'embarcation. La mer grouillait de poissons aux multiples couleurs. Ils nageaient au milieu de coraux aussi divers que la faune qui les entourait, dans la clarté sans pareille de ces eaux peu profondes. Par ici, des gorgones s'ouvraient en éventail aux caprices des courants, les anémones côtoyaient les éponges alors que la couleur bleu vif des poissons-chirurgiens scintillait tout autour. Par là, une raie manta faisait se soulever le sable, l'entraînant à sa suite comme un manteau éphémère, et allait caresser de ses ailerons majestueux les étoiles de mer qui tapissaient les fonds marins. L'eau devenait de plus en plus sombre au fur et à mesure que le bateau avançait vers le large. Malgré l'effort qu'elle devait fournir pour orienter ce dernier, Lonicéra semblait profiter de la beauté de la nature dont elle se délectait. Soudain, son visage s'illumina d'un large sourire et elle murmura à l'attention de sa fille :

— Regarde ma chérie… les dauphins viennent nous saluer!

À peine eut-elle le temps d'achever sa phrase, qu'un groupe de trois cétacés sauta à côté de la coque qui continua sa course, à peine déstabilisée par le mouvement des vagues ainsi provoquées. D'autres dauphins vinrent se joindre à leur ballet, laissant les êtres sylvestres émerveillés. Lonicéra relâcha sa magie et la barque fut ballottée, faisant tanguer ses occupants dangereusement. Elle fit en sorte de les stabiliser grâce à son pouvoir et ressentit les profondeurs abyssales avant de les voir. Un instant plus tôt, ils passaient la barrière de corail, laissant derrière eux les fonds sablonneux. Et maintenant, dans un à pic déconcertant, le sable cédait sa place à un canyon qui semblait sans fin. Le bleu émeraude de l'eau était devenu bleu-marine et la mer des Sargasses s'étendait à perte de vue. Lonicéra laissa dériver l'embarcation, certaine que les sirènes sauraient se manifester lorsqu'ils seraient arrivés à hauteur de leur repaire.

Ils parcoururent plusieurs miles sur la mer calme, accompagnés par le cri des cormorans qui les avaient rejoints, avant de percevoir une modification de l'environnement. Les flots les encerclaient, mais quelque chose d'autre attira leur attention ; quelque chose de bien plus puissant que la faune sous-marine. Hédéra sonda les abysses et devant ses yeux, une vision de cataclysme se forma. Tous ressentirent en même temps le souffle grandissant du vent et l'agitation soudaine des vagues. Lonicéra sut que le moment était arrivé. Elle devait laisser chavirer la barque. Des vaguelettes orangées s'élevèrent autour d'elle. Hédéra, Briag et Kieran joignirent leurs boucliers de protections au sien. Et quand les champs énergétiques se rencontrèrent, la bulle aux reflets irisés entoura le groupe au grand complet. Le vent doubla de force. La houle se transforma en murs d'eau de plusieurs mètres de haut qui venaient s'écraser sur la bulle protectrice du petit groupe. Et soudain, des voix mélodieuses s'élevèrent au milieu du souffle du vent et du fracas des vagues réunis. Ces voix envoûtantes semblaient attirer la petite embarcation vers un endroit invisible. Alors, la mer se fit tourbillon. La tempête se fit typhon. Le bateau fut entraîné dans les profondeurs abyssales. Fendant les embruns cinglants, le souffle des volcans sous-marins leur parvint aux narines. Les émanations de métaux lourds et du souffre rejetées dans l'océan embrumèrent leurs esprits. Drogués par ces effluves inhabituels, ils sombrèrent dans un sommeil irréel.

Chapitre 5
Enored

Caché parmi les arbres, l'homme attendit que les pêcheurs s'éloignent pour s'approcher de la rive du Loch Ness. Il paraissait terrorisé, à l'affût du moindre bruit. Son visage amaigri était contusionné. Ses vêtements rapiécés laissaient imaginer qu'il avait dû voyager sans relâche pendant de longs jours, fuyant quelque contrée où violence et chaos sont maîtres. Malgré son apparence crasseuse, sa haute stature et la finesse de ses traits irradiaient la magie. Lorsque Sean ouvrit la porte de sa maison arbre, il eut un moment d'arrêt devant l'elfe qui venait de perdre connaissance sur le seuil. Il mit un genou à terre et constata qu'il était seulement évanoui. Il fit passer le bras de l'homme autour de son cou et, se redressant sur ses jambes tremblantes, l'entraîna avec lui dans la petite habitation.

Le lieu ressemblait davantage à une tanière qu'à une vraie maison. Toute la vie du vieil homme était contenue dans ce capharnaüm hétéroclite qui laissait peu de place pour se mouvoir. Sean y était attaché et n'aurait déménagé pour rien au monde ! Même lorsque Lonicéra lui avait proposé de vivre sur Cherry Island, il avait refusé d'abandonner son vieil ami végétal. Il passait ses journées sur l'île, mais le soir venu, il retrouvait son antre où il se perdait à nouveau dans ses souvenirs. Il avait toujours aimé la solitude, mais l'âge venant, il devait avouer qu'il appréciait de plus en plus la compagnie si stimulante des fées et des elfes. Grâce à leur magie et leur fraîcheur, sa vie de simple humain avait été allongée ; cette année, il fêterait ses cent-douze ans, et il commençait juste à ressentir les effets de l'âge. Sa vigueur diminuait de jour en jour, mais il n'en aurait jamais parlé à ses compagnons du peuple sylvestres qui se seraient inquiétés à outrance. Il serait le prochain à mourir sur Cherry Island, il le sentait. Mais il était heureux de vivre parmi des êtres aussi exceptionnels que les fées et les elfes. Il pourrait partir en paix.

Mais avant cela, il lui restait encore fort à accomplir. Il devait transporter le malheureux elfe jusqu'à sa couche. Il lui était inconnu. D'où venait-il ? Pourquoi semblait-il si tourmenté ? Alors qu'il se posait ces questions, Sean demanda à l'arbre de refermer l'ouverture pratiquée dans son tronc quand ils s'y furent engouffrés. Le grand chêne obéit et l'écorce reprit sa place initiale, se mouvant en un dédale complexe telle une serrure inviolable. Pour les humains, l'illusion était parfaite. L'arbre ressemblait à n'importe quel autre. Mais à l'intérieur, la lumière filtrait par l'enchevêtrement du lierre qui en recouvrait l'écorce transparente. De plus, alors que de l'extérieur il paraissait ne pouvoir contenir qu'une seule personne, l'intérieur aurait été spacieux s'il n'y avait pas eu cet amoncellement de souvenirs récoltés au fil des ans par le vieil homme. Tout s'organisait autour d'une pièce unique. En son milieu, une table accueillait un simple bol de terre. Des ustensiles aussi divers que variés, allant de la louche au marteau, pendaient aux murs. La vie de l'homme était consignée dans des boites empilées les unes sur les autres. Certains couvercles difficilement clos laissaient entrevoir qui un alambic usagé, qui un cadre jauni, témoignant d'une vie riche bientôt révolue.

Lorsque Sean demanda à l'arbre de faire apparaître son lit, la pièce se métamorphosa soudain. Le bois effectua une rotation sur lui-même, semblant engloutir tout le micmac entassé dans le pan de son mur. Une couche apparut à l'endroit même où, quelques secondes auparavant, siégeaient les cartons. Des lianes de lierre vinrent s'enrouler autour du corps toujours inanimé de l'elfe dont le poid, bien que superflu, commençait à faire ployer le vieil homme. Sean émit un « merci » à l'attention de son compagnon végétal, et tira d'un placard qui était apparu comme par enchantement un drap et un oreiller qu'il déposa sur le lit. Il s'écarta ensuite et laissa les lianes finir d'installer délicatement son hôte. Une fois sa mission accomplie, le lierre se roula à nouveau sur lui-même et partit retrouver sa place au plafond, non sans avoir caressé doucement la joue de Sean au passage. L'homme en rougit et fut, comme de coutume, charmé par l'amour que lui témoignait l'arbre et son lierre qui étaient ses meilleurs amis depuis tant d'années.

L'elfe gisait devant lui et Sean pensa que l'aide des fées serait la bienvenue. Cependant, il ne pouvait se permettre de faire appel à elles tant qu'il n'en savait pas plus sur l'inconnu. Il avait protégé le peuple sylvestre pendant des décennies, le sauvegardant de toute intrusion. Que dirait sa reine s'il venait à faillir à son devoir maintenant ?

Le vieil homme décida donc qu'il s'occuperait seul de l'étranger, sans magie. Celui-ci avait beau être elfe, la preuve avait été donnée par le passé que tous les êtres magiques n'étaient pas nécessairement bon !

Pendant deux jours, Sean enduisit les blessures du baume dont Ketty était la seule à connaître la composition. S'inquiétant pour le vieil homme dont l'âge avancé lui faisait perdre régulièrement l'équilibre, se cogner et contusionner, la jeune sorcière lui avait confié ces onguents, juste au cas où. Et bien lui en avait pris ! Les plaies et hématomes de l'elfe se résorbèrent avec une rapidité surprenante ! Il resta inconscient la première journée, et progressivement, Sean réussit à lui faire boire un peu d'eau, puis un bouillon, et enfin, au bout de seulement deux jours, il était de nouveau sur pieds… Affaibli, mais en vie.

Il se nommait Enored, le Secourable. Il avait fui son monde, situé par-delà les pays nordiques connus des hommes, afin de trouver de l'aide parmi le peuple de Cherry Island. Leurs exploits étaient arrivés jusqu'à leurs oreilles. Et lorsqu'ils avaient été envahis par des créatures maléfiques sans vergogne, contraints à l'esclavage par l'alliance des korrigans et des vampires, ses souverains l'avaient envoyé mander assistance et secours auprès de Lonicéra. Pendant que ses congénères se faisaient humilier, battre, et que certains d'entre eux servaient de pitance aux monstres assoiffés de sang, Enored avait réussi à se frayer un passage hors de son monde et avait couru sans relâche, épuisant ses forces déjà faibles jusqu'à ce qu'il arrive enfin, las et rompu, à son but.

— J'ai déjà perdu suffisamment de temps, Sean ! s'exclama-t-il soudain en repoussant maladroitement la chaise sur laquelle il était assis. Peux-tu mander une audience pour moi à ta reine ?

— J'aimerais t'aider, lui répondit le vieil homme bouleversé par ce récit, mais malheureusement, notre souveraine s'est absentée. Nous ignorons quelle sera la durée de son voyage…

Devant la mine dépitée d'Enored, Sean poursuivit :

— Toutefois, je peux demander l'avis de Lilia et Gweltaz. Ils ont tous deux la charge du royaume tant que Lonicéra ne sera pas revenue.

— Je t'en serai éternellement reconnaissant, Sean, le remercia-t-il en s'inclinant.

— Cependant, tu dois comprendre que tu ne peux venir sur l'île avec moi, pour l'instant tout du moins. Nos règles sont strictes, et seule l'autorité de notre reine et de ses conseillers permet à un étranger de pénétrer notre monde. Tu m'attendras donc ici pendant que j'irai faire part de ta requête sur Cherry Island.

Ce disant, ils étaient sortis de la maison, non sans s'être d'abord assurés qu'aucun humain ne furetait alentour ! Mais alors qu'ils se croyaient en sécurité, un groupe de vampires bondit hors des buissons et les accula à la rive du lac. Leur suffisance et leurs sourires narquois ne faisaient qu'accentuer la beauté cruelle, surnaturelle, de leurs traits. Quelque chose d'apaisant émanait d'eux, une séduction irrésistible, envoûtante, qui appelle à la mort. La cruauté est sans limites, et quoi de pire que de ne pouvoir résister à cette attraction tout en sachant que votre dernière heure est venue ?

Luttant contre ce sentiment, Sean sa plaça devant Enored pour le protéger de ses assaillants. Et alors qu'il allait les faire plonger dans le lac, un des vampires, avec une rapidité surprenante et une poigne de fer, l'empêcha de reculer davantage. Plantant son regard cinglant dans celui du vieil homme, il se mit à rire à gorge déployée et enfonça soudain ses canines acérées dans la carotide palpitante. Sean ne se débattit pas. Il essaya seulement de se remémorer l'incantation de protection que lui avait apprise Ketty. Mais progressivement, au fur et à mesure que son sang l'aban-donnait, sa mémoire fuyait. C'est alors qu'un énorme fracas retentit et Enored rattrapa l'homme dans ses bras. L'elfe, épuisant ses minces ressources, venait de projeter les vampires dans les bosquets grâce à son pouvoir de télékinésie. S'aidant mutuelle-ment, tous deux se traînèrent vers le lac, la main de Sean pressant son artère béante. Dans un dernier effort, et avant que les monstres n'aient pu revenir à la charge, Sean récita l'incantation. Ils franchirent le portail du monde des fées.

***

Lorsqu'ils s'affalèrent dans la forêt, Enored cria aussi fort qu'il le put, appelant à l'aide qui voudrait l'entendre. Sean était livide, vidé de son sang. Le vieil homme n'était plus. L'elfe, exténué, sombra dans l'inconscience alors que se dessinaient au loin les silhouettes des fées alertées par ses cris.

Il se réveilla quelque temps plus tard, dans la chaleur d'un lit végétal. Un elfe et une fée se trouvaient à son chevet. L'elfe le fixait d'un regard sans expression. Quant à la fée, son beau visage solaire était néanmoins grave. Alors qu'il se redressait sur ses coudes, l'elfe s'avança, barrant le passage de son bras à la fée qui semblait manifestement s'inquiéter de l'état de santé d'Enored.

— Qui es-tu et qu'as-tu fait à Sean ? aboya l'elfe.

— Mon nom est Enored, le Secourable, murmura-t-il toujours affaibli. Je viens d'une contrée par-delà les pays baltes. J'étais venu chercher de l'aide auprès de ton peuple, mais mes assaillants m'ont retrouvé. Avant que j'aie pu le réaliser, ils ont attaqué Sean. Afin de nous sauver, le vieil homme nous a fait passer le portail entre les mondes.

Réalisant soudain que Sean n'était pas présent dans la pièce, Enored s'affola.

— Où est-il ? Où est Sean ? Comment va-t-il ?

— Sean est mort... Vidé de son sang, murmura la fée qui s'était approchée malgré la supplique silencieuse de son ami. Mon nom est Lilia, et voici Gweltaz. Nous sommes conseillers de notre reine, Lonicéra. Pendant son absence, nous sommes les garants du peuple sylvestre.

— Je suis enchanté de faire votre connaissance, bien que j'eus préféré que ce soit en d'autres circonstances...

— Fais-nous part de ta requête, et nous aviserons de la conduite à tenir, intervint Gweltaz toujours sur la défensive.

Dès qu'il eut fini de raconter son histoire, Gweltaz et Lilia décidèrent qu'il serait mal venu de renvoyer Enored chez lui dans de telles circonstances. L'elfe du Nord resterait avec eux jusqu'au retour de Lonicéra, ce qui lui permettrait de recouvrer quelques forces au sein du peuple de la forêt.

Chapitre 6
Le monde englouti

— Lonicéra, réveille-toi ! Allez ! Ouvre les yeux ! appela la petite Océane en la secouant.

— Pourquoi ? répondit-elle. Je dois aller à l'école ?

— Mais non ! Tu as fort à accomplir ! Lève-toi !

— Mais je ne veux pas ! Je veux encore dormir et écouter ce chant si mélodieux... me laisser bercer par ce chant... il est si beau ! Entends-tu, Océane ? Océane... Océane ! Mais tu es moi lorsque j'étais enfant !

— Tu es encore un peu cette enfant, Lonicéra ! Souviens-toi de ce que Grand-Mère Rubis disait : « Prend garde aux sirènes et leurs voix, Océane ! Elles t'envoûteront et t'empêcheront de voir ! Garde toujours ton libre arbitre. »

— C'est vrai, c'est ce qu'elle disait. Je me rappelle...

— Alors maintenant, lève-toi, et guide tes compagnons ! ajouta la petite Océane avant que son image ne se dissipe sous les yeux entrouverts de Lonicéra.

Soudain, le flou vaporeux qui embrumait le regard de la fée se fixa et elle sentit son cerveau s'éveiller de cette torpeur inhabituelle. Les sirènes... La petite Océane lui était apparue à point nommé ! Il fallait se défaire du chant des sirènes !

Elle ouvrit grands ses yeux, et le paysage lui parut étrange. La plage se dressait à la verticale, bordée de palmiers. Ceux-ci semblaient défier les lois de la pesanteur dans leur position horizontale... Lonicéra prit soudain conscience qu'elle était étendue sur le sable ; les petits grains râpeux et doux à la fois lui chatouillaient le visage. Difficilement, elle commença à bouger ses doigts, puis ses pieds, s'éveillant de l'ankylose qu'avait provoquée la posture inappropriée que lui avaient imposée les flots déchaînés en la rejetant sur le rivage. Elle se redressa pour épousseter le sable de sa joue, de ses vêtements, et repoussa ses cheveux collés par le sel de son front afin de mieux voir alentours. Ses compagnons semblaient eux aussi reprendre connaissance. Seul Goulven était déjà debout, les bras ballants et le regard ahuri, devant la jeune femme venue les accueillir à San Salvador. Il la contemplait, envoûté, alors qu'elle brossait son impeccable chevelure noire en chantant de sa voix douce et mélodieuse.

Lorsque Lonicéra, de concert avec Centaurea, voulut s'approcher pour lui faire reprendre ses esprits, une horde d'hommes en guenilles surgit hors des feuillages et des palmiers. Armés de lances et à grand renfort de cris bestiaux, ils encerclèrent la sirène en menaçant Goulven qui, malgré le danger, essayait d'avancer jusqu'à elle. L'un d'eux, qui passait pour être leur chef, cria une mise en garde aux nouveaux venus : « Battez-vous et prouvez que vous êtes dignes d'une pareille femme, étrangers ! »

Les cris redoublèrent. Goulven, dont la beauté et le charme de la sirène charmaient les sens, commença à retrousser ses manches, se préparant au combat qui lui semblait inéluctable. Avant que Centaurea et Ketty n'aient eu le temps de comprendre ce qui se passait, d'un commun accord, Briag, Lonicéra, Hédéra et Kieran se précipitèrent vers le garçon afin de l'empêcher d'avancer plus loin. Les deux jeunes femmes voulurent aller leur prêter main-forte, mais le chat, qui était miraculeusement sorti indemne de la fureur des flots, leur barra le chemin, bondissant devant elles à chaque nouveau pas. Ainsi, il voulait les obliger à reculer. Dès que l'une ou l'autre cherchait à le contourner, il bondissait à droite ou à gauche, bloquant leur progression.

Centaurea criait le prénom de Goulven afin qu'il se détourne de son objectif, mais rien n'y faisait. Il restait béat, hypnotisé par la magie de la sirène. Seule sa proximité, elle le savait, pourrait détourner l'attention du picte. La jeune fée souhaita alors se retrouver auprès de son ami, et faisant le vide dans son esprit, envoya sa requête à l'Univers. En un rien de temps, elle se trouva contre Goulven qui se débattait, essayant de se débarrasser de Lonicéra et de ses amis. Ces derniers avaient érigé leurs boucliers protecteurs afin de ne pas être touchés par les coups de poings et de pieds qu'il leur lançait en rafales. Mais Centaurea n'eut pas la même chance et à peine fut-elle apparue contre lui, qu'elle s'étala de tout son long, le souffle coupé par la force du coup de genou qu'elle venait de recevoir dans le ventre. Lonicéra se précipita vers sa fille, mais la volonté de cette dernière était telle qu'elle n'eut pas le temps de la retenir. Elle s'était à nouveau éclipsée, et cette fois-ci reparut derrière Goulven. L'enserrant tant bien que mal dans ses bras, elle lui communiqua tout l'amour dont elle était capable, dressant tout autour d'eux un halo de lumière rose. Surpris par cette émotion qui l'envahissait, Goulven cessa de s'agiter et tomba à genoux, épuisé de s'être démené de la sorte. Malgré les hommes qui les menaçaient toujours, Centaurea ne voulait plus lâcher son ami de peur que sa fougue ne le perde à jamais. Pourtant, il leur fallait s'éloigner au plus vite de la portée des lances s'ils ne voulaient pas se faire embrocher !

C'est alors que l'on entendit résonner le bruit fracassant des sabots de chevaux au galop, suivis des youyous assourdissants des cavalières les chevauchant. Surgissant de toutes parts, elles déferlèrent sur les hommes qui se prosternèrent devant elles. Alertés par ce tumulte, des visages magnifiquement modelés apparaissaient à la surface de l'eau. Les cheveux des sirènes flottaient tout autour d'elles alors qu'elles reprenaient en chœur les cris des cavalières. Lonicéra et ses compagnons ne savaient où regarder tant il y avait de femmes, et tant leur beauté irréelle était frappante.

L'une d'elles se détacha de la troupe et intima l'ordre aux hommes de partir :

— Il suffit ! rugit-elle d'un ton péremptoire. Les nouveaux venus sont nos invités ! Vous n'attenterez point à leurs vies sous peine d'être sévèrement châtiés ! Retournez donc à vos occupations au lieu de vous donner en spectacle !

Sur ce, les hommes ramassèrent leurs lances et, béats devant la beauté de leur reine, partirent à reculon afin de profiter le plus longtemps possible de la vue des courbes généreuses de cette dernière. Elle s'avança alors vers Lonicéra et déclara, non sans avoir lancé des œillades charmeuses à Briag, Kieran et Goulven :

— Je suis Thelxépéia, reine du peuple des sirènes. Tu dois être Lonicéra, souveraine du peuple sylvestre de Cherry Island ?

— En effet.

— Nous vous attendions depuis longtemps. Notre oracle nous avait prédit votre venue.

— Et vous a-t-elle donné les raisons de notre présence en ces lieux ? questionna Lonicéra, qui espéra soudain ne pas paraître inquisitrice envers ses hôtes.

— Patience, Reine des Fées. Il y a une raison à tout… Rien n'arrive par hasard. Mais si cela ne te dérange pas, nous parlerons lorsque nous serons seules, ajouta Thelxépéia sur un ton assuré.

Pour lors, suivez-nous. Nous allons vous conduire jusqu'à Gynaïka, la ville sacrée.

Alors que la reine remontait sur son destrier, on leur proposa des montures qu'ils refusèrent humblement. Il ne saurait être question pour eux de profiter de si intelligents animaux réduits en esclavage… Cependant, ils gardèrent cette raison pour eux. Les cavalières respectèrent leur choix et Thelxépéia chemina à leurs côtés du haut de sa monture.

Centaurea tenait la main de Goulven, qu'elle serrait un peu plus fort dès qu'il tentait de se rapprocher d'un cheval, et par là même, de sa cavalière. Ainsi, elle avait la sensation de lui communiquer un peu plus de force pour lui permettre de lutter contre l'envoûtement. Et il lui semblait que cela fonctionnait bien ! Quant à Ketty, elle marchait à leurs côtés, suivie de près par le félin que la présence des chevaux n'inquiétait pas le moins du monde ! Il avançait, de son pas nonchalant, miaulant parfois à l'attention de la sorcière qui lui adressait alors un sourire amical.

Combien de femmes y avait-il dans cette armée ? Il aurait été difficile de le dire à première vue tant elles étaient nombreuses. Elles allaient au pas, chevauchant leurs montures fières de porter sur leur dos de telles créatures. Toutes étaient splendides, de la plus fluette à la plus en chair, de la plus petite à la plus grande. Chacune avait sa particularité qui contrastait avec l'uniformité de leurs tenues vestimentaires. En effet, elles portaient de fines armures de bronze toutes identiques qui, certes, devaient être très confortables, mais qui faisaient s'interroger Lonicéra quant à la protection qu'elles offraient au combat : la cuirasse recouvrait la moitié de leur poitrine, laissant le sein gauche dénudé à la vue de tous. Une jupe courte en cuir leur permettait de ne pas être gênées pour monter à cheval et laissait voir leurs magnifiques jambes au galbe parfait. Sur leurs têtes, des casques finement ciselés ne laissaient entrevoir que leurs yeux aux couleurs diverses et variées. Une protection nasale remontait sur leurs fronts et l'acier poursuivait sa course vers l'extérieur du visage pour englober leurs pommettes délicieuses. Le mouvement de leur corps, imposé par le dandinement des chevaux, rendait leur progression des plus sensuelle malgré la rudesse de leur fonction. Elles montaient à cru, les chevaux n'avaient pas même de rênes pour être guidés, mais semblaient savoir d'instinct dans quelle direction leurs cavalières souhaitaient cheminer. On aurait dit des centaures sortis tout droit d'une fresque antique.

Thelxépéia, quant à elle, ne différait guère de ses comparses, excepté par son casque. En effet, son statut de reine lui donnait droit à porter un cimier aux plumes multicolores élégamment disposées. Et contrairement aux autres cavalières, son cheval avait le crin tressé et orné de rubans.

Alors que Lonicéra détaillait la reine de cette contrée, cette dernière se mit à rire d'une voix tintante. Repoussant avec vigueur ses cheveux volants au vent qui ne cessaient de lui balayer le visage, elle sauta à bas de sa monture pour continuer sa route à pied auprès de la fée. Les cavalières se lancèrent des œillades d'un air surpris, non habituées à ce que leur reine ne suive pas le protocole. Thelxépéia éluda leurs questionnements d'un revers de main. Toutes poursuivirent leur route comme si de rien n'était.

— Ce monde est-il différent du tien, Lonicéra, Reine des Fées ? demanda-t-elle alors qu'elle donnait une accolade à son cheval qui venait quémander son affection.

— En effet, Thelxépéia, Reine des Sirènes, lui répondit-elle sur ce ton solennel auquel elle avait toujours eu quelques difficultés à s'habituer. Dans le monde d'où nous venons, il y a des arbres à perte de vue. La végétation est partout, les fleurs dansent dans l'herbe verte et ondulante, le lierre s'enroule autour des chênes centenaires. La sérénité et la paix sont omniprésentes.

— Il est vrai que tu dois être dépaysée au milieu de mon armée et de ce désert au sol volcanique, lança Thelxépéia en riant. Nous n'avons certes pas de grandes forêts, mais tu le constateras par toi-même, les paysages sont forts variés. L'eau est partout autour de nous, provenant d'une source d'une pureté infinie qui circule dans la ville par un réseau de canaux. Nous avons besoin de cette eau pour vivre et nous régénérer, sans quoi notre peuple disparaitrait. Cette eau est ensuite savamment redirigée hors de Ginaïka vers des points stratégiques de notre monde. Des grilles forgées dans la muraille d'enceinte la laissent s'écouler tout en nous gardant de certains animaux dont la dangerosité est extrême. Notre pouvoir ne peut nous protéger lorsque nous dormons…

— Votre pouvoir, justement, hasarda Lonicéra. Quel est-il? J'ai entendu maints contes traitant des sirènes, mais ton armée me fait davantage penser aux mythiques Amazones…

— Nous sommes les deux ! répondit-elle, contournant la première question et faisant à nouveau tinter son rire envoûtant qui n'échappa pas à l'attention de Goulven. Lorsque nous sommes dans l'eau, nous sommes des sirènes, des femmes à la queue de poisson comme aiment le véhiculer les légendes. Mais lorsque nous sommes sur terre, nos écailles nous abandonnent et nos jambes apparaissent. Nous sommes alors libres d'aller sur la terre ferme. Nous avons cependant la contrainte de l'eau et devons nous baigner très régulièrement, d'où la présence des canaux dans notre ville.

Au fur et à mesure de leur progression, le désert laissait place à des collines puis des montagnes au flanc desquelles avaient été aménagées des cultures en terrasses. Elles étaient toutes reliées entre elles par des ponts suspendus permettant un passage plus aisé de l'une à l'autre. Après une courte pause, Lonicéra reprit :

— Que s'est-il passé ? Comment se fait-il que votre monde se trouve aujourd'hui sous les eaux ?

— Autrefois, commença Thelxépéia, notre peuple, le peuple des sirènes, vivait sur une île de l'archipel des Cyclades. La mer et la terre nous procuraient tout ce dont nous avions besoin. Mais le chaos s'abattit un jour sur notre bel archipel sous la forme d'une pluie de météorites. Elle effondra le sol tout autour de notre terre, entraînant l'île dans les profondeurs de la Méditerranée. Tout fut détruit…

— Malgré ce fracas, il y a pourtant eu des survivantes ? questionna Briag dont la résistance à l'attraction des sirènes impressionnait grandement son épouse.

— Malheureusement, non.

Devant le visage surpris de ses invités, la reine poursuivit :

"Les premières années d'une sirène se passent à explorer les océans, à découvrir les secrets cachés au fond des mers. C'est une sorte d'initiation à la vie sous-marine. Une fois que les jeunes ont parcouru tous les océans pendant plusieurs décennies, le désir d'aimer autre chose que la mer se fait ressentir et elles retournent à leurs origines. Les premières à découvrir la disparition de l'île attendirent les suivantes pendant longtemps. Lorsqu'elles furent assez nombreuses, elles décidèrent de partir à la recherche d'un nouveau lieu où s'établir, loin du fracas du monde terrestre.

Au même moment, les amazones, dont la reine se prénom-mait Penthésilée, menaient combat sur combat. Chaque victoire les rendait plus fortes et Penthésilée, aveuglée par sa puissance, voulut se mesurer à un demi-dieu, Achille. Elle se rendit donc à Troie, où l'armée d'Agamemnon prenait d'assaut la ville de Priam. Accompagnée par seulement douze guerrières, elle se mesura à Achille. Zeus, prenant ce combat pour de l'orgueil — car qui pourrait battre un demi-dieu – profita de l'absence de Penthésilée et abattit ses foudres sur le monde des amazones. Il provoqua une effroyable éruption volcanique qui, dans sa violence, détacha la croute terrestre et fit sombrer ce monde dans les flots. Les éboulis se refermèrent dessus et ainsi protégé, il fut condamné à errer pendant des années. Les douze compagnes de Penthésilée périrent les unes après les autres à Troie. Et la reine, qui mourut de la main d'Achille, ne put jamais découvrir la disparition de son monde.

Le peuple des amazones n'avait pas été totalement détruit pour autant ! Certaines survécurent au cataclysme et continuèrent à vivre coupées du reste de la planète, dans ce monde instable avant qu'il ne se fixe ici, dans la mer des Sargasses.

C'est alors que par chance, les sirènes trouvèrent cet endroit. Elles y reconnurent la sérénité de leur île disparue et décidèrent de s'y installer. Avec les amazones qui les accueillirent à bras ouverts, elles reconstruisirent les cités partiellement détruites, sur lesquelles la végétation avait peu à peu repris ses droits... C'est ainsi que les deux cultures se mélangèrent. Privée des hommes, la lignée des amazones s'éteignit avec le temps, leur durée de vie étant moindre que celle des sirènes. Elles eurent tout de même le temps de nous enseigner leur art guerrier, et tout ce qu'une amazone doit savoir. Mon peuple est donc devenu un peuple de sirènes-amazones... Voilà notre histoire."

La voix de Thelxépéia s'était brisée à la fin de son récit, et Lonicéra y ressentit toute la douleur de l'isolement. Les deux peuples s'étaient reconstruits dans la souffrance et avaient bâti de nouvelles bases tellement solides que rien ne semblait pouvoir venir les ébranler. Pourtant, aujourd'hui, quelque chose venait à nouveau troubler cet ordre établi, et cela intriguait Lonicéra au plus haut point.

— Et la lumière ? intervint Hédéra après quelques minutes de silence. D'où provient-elle ?

— Lorsque l'île fut engloutie, reprit Thelxépéia avec patience, elle entra en contact avec une grotte où, au fil du temps, d'immenses cristaux de roche s'étaient formés. L'un d'entre eux sortit de la voûte de notre monde. Grâce à la chaleur et au magnétisme du noyau terrestre, il fait depuis lors office de soleil et nous procure tout ce dont nous avons besoin... Regardez comme il scintille de mille feux, ajouta-t-elle en pointant son doigt dans sa direction.

Scintillant au-dessus de la ville dont on pouvait maintenant distinguer les contours, le cristal diffusait une lumière pure et éclatante.

— Et voici Gynaïka, la ville sacrée entre toutes, leur annonça l'amazone d'un air triomphant.

Chapitre 7
Gynaika

Tout autour, le sol rocailleux s'était transformé en de splendides cultures en terrasses florissantes. Par centaines, des canaux irriguaient ces plantations, subsistance d'un peuple tout entier. Les blés dansaient au grès du souffle de la terre, et des rizières s'étendaient à perte de vue.

Bâties de pierres et de mortier, les murailles colossales de Gynaïka se dressaient en face d'eux, imposantes et fières. En leur centre trônait un majestueux portail orné d'arabesques en fer forgé entremêlées, où s'immisçaient les visages façonnés dans le métal des souveraines successives de ce monde. Flanquée de deux tours de guet jumelles, la porte de la ville pouvait retenir des hordes entières d'ennemis et résister à toute invasion.

Thelxépéia adressa un signe de la main aux gardiennes des tours, et un cor résonna dans la cité. Progressivement, le portail s'ouvrit sur Gynaïka, la ville sacrée des Amazones. Derrière Lonicéra et ses compagnons, la troupe des cavalières pénétra dans l'enceinte de la ville et se dirigea vers les écuries, situées le long de la muraille gauche. Alors que le tumulte provoqué par le bruit des sabots se dissipait, Lonicéra restait interdite, coite devant la beauté du lieu. Le gris étincelant des bâtisses hypnotisait les visiteurs de la même manière que leurs habitantes. La magie était palpable. Elle imprégnait chaque parcelle de terre, de roche, d'eau et de végétal.

Dès l'entrée, le regard était attiré par le cristal alimentant la vie de ce monde, plusieurs mètres au-dessus de leurs têtes. Il se fondait dans la roche, ses strates imposantes dépassant de plusieurs mètres. Il rutilait, vibrait à l'unisson de la terre. Chacune de ses facettes réfléchissait une lumière bleutée qui ne faisait qu'accentuer la clarté de la grotte gigantesque, et semblait vouloir en dénicher le moindre détail. À sa droite, une cascade provenant de quelque source souterraine, s'abattait librement sur la ville en diffusant de minuscules gouttelettes d'une eau d'une pureté incomparable.

De multiples arcs-en-ciel se dessinaient alors de la rencontre de la lumière et de l'eau, changeants au fil de la chute, mais immuables par la qualité du prisme. Le brouhaha provoqué par la violence de l'eau berçait les esprits et les apaisait.

Érigées sur une montagne au fort dénivelé, les constructions s'élevaient selon un plan en spirale. Au sommet, un temple surplombait la ville. Une statue grecque de la Déesse Athéna, vestige hérité du passé grec des Amazones, le jouxtait et semblait vouloir toucher le plafond. Des milliers de femmes empruntaient chaque jour la route pavée qui serpentait en colimaçon afin de se rendre au sanctuaire. Dans sa chute vertigineuse, la cascade frôlait cette route, purifiant de son eau les disciples de la Déesse. À mi-hauteur, sous le temple, le palais de Thelxépéia était serti dans la roche. Sa base, soutenue par de solides piliers, saillait en un immense à-plat rocheux. Comment ce peuple avait-il pu hisser les lourds blocs de pierre qui composaient les murs jusque-là ? Lonicéra l'ignorait. Et quelle minutie émanait des fenêtres en ogives, des détails des chapiteaux ! De grandes ouvertures finement ciselées contrastaient avec l'aspect robuste de ce palais aérien. La cascade s'engouffrait entre la roche et la bâtisse, où elle était prélevée par un savant système d'irrigation afin d'alimenter la reine et sa cour en ce si précieux élément. Elle en ressortait quelques mètres plus bas où elle venait s'abattre dans un bassin artificiel creusé à même la roche. Des canaux se répartissaient entre les maisons en contrebas selon un plan en forme de soleil. Ils venaient rejoindre le canal, plus large, qui entourait les fortes murailles de la cité. La cascade se transformait alors en rivière qui poursuivait sa route hors de l'enceinte. Chaque maison se voyait ainsi desservie en eau au pied de sa porte, ainsi que les différents camps d'entraînement jouxtant les murs de la forteresse.

Alors que la vie sociale était concentrée au centre de la ville, ce qui faisait la fierté du peuple des Amazones - autrement dit, leur savoir guerrier - s'étalait circulairement autour des habitations ; ici, un stand de tir à l'arc, là, une salle d'armes à ciel ouvert pour l'entraînement au maniement de l'épée ou de la lance, javelot ou autre arme blanche. À l'opposé, les écuries voyaient les cavalières aller et venir sur leurs fiers destriers, ainsi que le va-et-vient incessant des chevaux laissés en liberté. Bien que maîtres de leurs mouvements, ils ne cherchaient nullement à s'approcher des habitations, mais venaient bien volontiers observer l'entraînement à la lutte ou au combat à l'épée. Des fillettes se mesuraient aux femmes adultes, tirant leur expérience de celle de leurs aînées. Le fracas des lames et des boucliers s'entrechoquant semblait intimer un rythme surnaturel au bruit de la cascade. Tout se fondait en une parfaite harmonie. La vie grouillait dans les moindres recoins. Mais nulle part trace d'homme… Gynaïka portait fort bien son nom : la Ville des Femmes.

Au fil de leur contemplation, Lonicéra et ses compagnons s'étaient laissés menés par Thelxépéia jusqu'à l'espace consacré au maniement de l'épée. Deux fillettes d'à peine sept ou huit ans étaient en train de se mesurer l'une à l'autre, et déjà l'on pouvait sentir la soif de combat dans leurs mouvements et leurs regards déterminés. Lorsque l'une des deux fut projetée au sol par son attaquante, cette dernière poussa un youyou d'une puissance que sa petite taille ne laissait pas supposer, repris en chœur par leurs maîtresses d'arme. Quand elle se tut et partit aider son adversaire à se relever, la petite tombée à terre s'inclina devant elle en lui serrant la main, un regard de défi lui signifiant que le combat était certes fini pour cette fois, mais qu'elle comptait bien prendre sa revanche.

Devant cette scène, Centaurea, qui surveillait toujours Goulven de très près, se trouva interloquée. Devançant sa mère et ses compagnons, tout aussi surpris qu'elle, elle questionna la reine des Amazones.

— Reine Thelxépéia, hasarda-t-elle ne sachant si son statut de princesse lui permettait de s'adresser ainsi à la souveraine de ce peuple. Pourquoi rester un peuple guerrier alors que vous êtes ici retranchées ? Y aurait-il encore une menace quelconque qui vous pousse à conserver les armes au poing ? N'aspirez-vous pas à la même paix que nous, les êtres sylvestres ?

— Ne te méprends pas, jeune princesse, lui répondit la reine en adressant un regard rieur à Lonicéra que cette même question taraudait. Nous y aspirons. Nous devons cependant nous prémunir des hommes parfois trop envahissants qui cherchent par tous les moyens à nous courtiser. Ils sont, malgré eux et malgré nous, une menace pour notre peuple.

— Les hommes ? répéta Centaurea, observant Goulven dont l'attention avait été attirée par une amazone qui venait de se mettre à nu et de plonger dans le canal. Mais où sont-ils, vos hommes ? Hormis ceux que nous avons vus sur la plage, je n'en vois aucun !

— Nous vivons séparément, expliqua patiemment Thelxé-péia. Ils ne servent qu'à la copulation et la reproduction.

Ignorant la gêne que cet état de fait venait de provoquer chez les êtres de Cherry Island, la reine poursuivit :

— Bien que notre vie soit plus longue que celle de simples mortelles, nous devons tout de même assurer notre descendance. C'est pourquoi les hommes nous sont utiles. Nous élevons nos enfants, tous sexes confondus, jusqu'à l'âge de sept ans. Puis nous instruisons nos filles à l'art de la guerre et les mâles sont donnés à leurs géniteurs. Nous leur rendons parfois visite, mais une fois qu'ils sont arrivés à l'âge des premières ardeurs sexuelles, nous renions pour toujours ce lien marital. Les hommes sont faibles, ils courtiseraient leur propre mère ! cracha-t-elle avec dédain.

Ce disant, Thelxépéia regarda Goulven dans les yeux, son aura augmentant au fur et à mesure que le jeune homme tentait de s'approcher d'elle, l'englobant presque totalement.

— *Sois fort, Goulven ! ne cessait de lui répéter Centaurea mentalement. Ne te laisse pas subjuguer par la sirène !*

— Mais elle m'appelle ! lui répondait-il. Elle veut que je sois son esclave… Je veux être son esclave…

— *Non ! Tu ne seras l'esclave de personne, Goulven !*

— Mais si, je le veux ! Laisse-moi donc faire son bon vouloir !

N'y tenant plus, Centaurea se plaça devant lui et lui asséna une gifle d'une force qu'elle ne se connaissait pas. Elle en ressentit d'ailleurs la brûlure sur sa propre joue. Aussitôt, Goulven revint à la réalité, tout penaud devant une Centaurea inquiète, et les regards d'encouragement de ses amis. Même le chat vint se frotter contre ses chausses pour lui témoigner son soutien.

— Vous voyez ! C'est ce que je disais ! lança alors Thelxé-péia, comme pour se justifier, mais cachant à grand peine sa frustration. Faibles…

Puis elle tourna les talons en leur faisant signe de la suivre jusqu'au palais.

C'est alors que retentirent des voix mélodieuses dans le lointain. Une guerrière de Thelxépéia accourut vers sa souveraine.

— Thelxépéia, ma Reine, commença-t-elle en s'inclinant, je viens te mander pour une affaire de la plus haute importance. Un nouvel arrivage est sur le point d'émerger…

— Je viens Thelxiopé. Accompagne-moi, veux-tu ? – et à l'intention de ses hôtes – Visitez notre cité, rencontrez ses habitantes. Je vous suggère de vous rendre au temple – elle pointa l'index vers le sommet de la ville – La vue y est magnifique et vous pourrez vous instruire de nos us et coutumes tout votre comptant auprès de la grande prêtresse.

— Fort bien, répondit Lonicéra en un hochement de tête. Où nous rejoindrons-nous ?

— Présentez-vous au palais quand bon vous semblera. Des ordres ont déjà été donnés. Vous y êtes attendus et serez reçus comme votre rang l'impose, répondit Thelxépéia dont le visage avait pris les marques de l'impatience.

Puis, sans autre préambule, les deux amazones se dirigèrent vers la porte de la ville où un groupe d'étalons les attendaient en se disputant leur préférence.

***

D'un même élan, la petite compagnie leva le regard vers les hauteurs de Gynaïka. La statue majestueuse d'Athéna leur ouvrait les bras, et ils décidèrent de suivre les conseils de Thelxépéia. Seul Goulven avait encore les yeux rivés sur le portail où venaient de diparaître les deux amazones. Il fut contraint de revenir à la réalité lorsque Centaurea se plaça devant lui.

— Ne t'en fais pas, Goulven, lui dit-elle alors. Je suis là pour te protéger. Ne lâche pas ma main, et tout ira bien.

Devant le regard triste et inquiet de son ami, elle déposa un baiser sur sa joue. Sa petite main plaquée sur le visage du garçon, il sembla se réveiller d'un coup. Goulven lui rendit son sourire amical, timide malgré tout, et s'agrippa à la main de la jeune fée qu'il retiendrait pour son salut. Il connaissait sa faiblesse ; la douceur et la chaleur de la peau de Centaurea le maintiendraient vigilant… enfin, il l'espérait ! C'est donc agrippé à sa protectrice que Goulven suivit le groupe qui commençait déjà à se diriger vers les habitations au centre de la ville. Ketty, silencieuse comme à son habitude, les précédait, toujours collée aux talons par le félin qui avançait d'un pas chaloupé.

Thelxépéia, avant de s'en aller derrière les grandes portes, avait intimé l'ordre à son peuple d'une voix forte et surhumaine de ne pas importuner les visiteurs. Ils étaient ses invités, et quiconque tenterait de leur nuire serait sévèrement châtié. Cette mise en garde interpelait Lonicéra et ses compagnons au plus haut point car, qui dans le monde des fées aurait eu besoin de prendre de telles précautions ? Quoi qu'il en soit, les amazones-sirènes semblaient les ignorer lorsqu'ils passaient à côté d'elles. Certaines répondaient d'un signe de tête à leurs saluts, d'autres préféraient s'éclipser à leur approche. Était-ce leur reine ou leurs propres réactions qu'elles craignaient ainsi ? Lonicéra aurait aimé jauger leur ressenti, mais dans ce monde, ses pouvoirs semblaient réagir différemment. Elle qui était devenue maîtresse dans l'art de la télépathie, n'arrivait plus à percevoir le moindre sentiment émanant de leurs hôtes. Même Hédéra, dont la clairvoyance habituelle répondait à beaucoup d'interrogations, ne sut y trouver réponse. Elle voulut provoquer une prémonition afin d'être fixée sur les intentions de Thelxépéia, mais n'y parvint pas. Cela n'était pas de bon augure...

Bientôt, ils arrivèrent devant les premières habitations, ayant laissé derrière eux les stands d'entraînement. La roche qui en composait les murs semblait granuleuse, mais solide. Ses tons gris étaient constellés de paillettes bleutées, argentées ou dorées. Hédéra posa la main contre l'une des maisons et apprit à ses compagnons qu'il s'agissait d'impactite, cette roche formée de la fusion du sol avec les pierres le jonchant. Thelxépéia leur avait signifié que l'île avait été la proie d'une pluie de météorites ; la chaleur intense dégagée à cette occasion devait être responsable de ce phénomène. Les pavés de l'unique route s'élevant vers le temple étaient composés de ce même matériau et rendaient l'ascension plus aisée. Au fil du chemin, la montagne d'origine laissait progressivement place à un sol calcaire luisant dans le ruissellement des gouttelettes de la chute d'eau. On pouvait fort bien y glisser, aussi précautionneux que l'on soit. En effet, ce que Lonicéra avait d'abord pris pour une montagne était le fruit de la rencontre d'une colline avec le calcaire présent dans l'eau qui suintait de la voûte. Elle avait façonné un pilier de calcite au fil des siècles sur lequel la cité s'était bâtie. Dès que l'on prenait un peu de hauteur, les maisons de plain-pied laissaient place à des habitations troglodytiques creusées dans le pilier, et des constructions sur pilotis à même le ravin.

De la base de la ville jusqu'à son sommet, la cascade intrépide marquait sa suprématie. Elle était une habitante de la ville à part entière. Même les maisons les plus hautes perchées avaient leur système de récupération de l'eau, qui bien souvent se retrouvait dans de surprenants bassins sur les toits plats des maisons. Ainsi, chacune pouvait profiter de l'élément indispensable à la vie d'une sirène quand bon lui semblait. La fontaine qui recevait le fracas de la chute d'eau avait dû être, autrefois, creusée par la main de l'homme, ou de la femme en l'occurrence. Mais après des années à être frappée par l'eau tourbillonnante, elle ressemblait plus à une conque immense maltraitée par le roulis constant des vagues déchaînées. Elle conservait cependant son rôle essentiel : rediriger l'eau dans les canaux qu'elle desservait à travers toute la cité.

Comme à l'entrée de la ville, les chevaux étaient omniprésents sur cette route. Bien souvent, ils raccompagnaient leur cavalière chez elle avant de redescendre, seuls, jusqu'aux écuries. Fort heureusement, le chemin était assez large pour permettre ce flux constant de badaud, bipèdes et quadrupèdes. Toutefois, à hauteur du palais somptueusement serti dans la roche, les codes immuables entre amazones et chevaux semblaient différents. Les fidèles destriers étaient interdits jusqu'au sommet, jusqu'au temple de la Déesse. Nulle barrière ne leur indiquait cette interdiction, mais c'était ainsi. Ils le savaient. Ils le sentaient.

Lonicéra et ses compagnons firent halte pour contempler de plus près le palais de Thelxépéia. Rien à voir avec la petite maison arbre dans laquelle elle vivait avec Briag ! Malgré son statut de Reine des Fées, elle avait préféré demeurer dans le même arbre qu'elle avait choisi à son établissement sur Cherry Island. Ils étaient devenus amis et partageaient bien des secrets. Tout était grandiose et fastueux ici. Les piliers qui soutenaient la base du plateau rocheux devaient bien mesurer une centaine de mètres de haut. Quant à sa structure, elle se composait de diverses influences. Bien entendu, la Grèce antique y était reconnaissable avec son lot de piliers et de chapiteaux. Un fronton triangulaire au-dessus de la porte principale couronnait le bâtiment. Cependant, l'art architectural des amazones avait évolué avec le temps, car de multiples arabesques sculptées dans la roche rejoignaient les voûtes en ogive des fenêtres. Ces mêmes ouvertures étaient étonnamment grandes, étant donné l'altitude à laquelle le palais se situait, mais des balcons en ferronnerie retiendraient probablement les imprudentes qui auraient l'audace de se pencher un peu trop en avant ! Compte tenu de la situation géographique - ou en l'occurrence géologique - de la grotte, Gynaïka n'était pas régie par des saisons quelles qu'elles soient. Il y régnait toujours un climat tempéré, et l'humidité ambiante était fort bien régulée. Ces températures agréables permettaient ainsi de bénéficier de constructions aérées, puisqu'il n'était nul besoin de chauffer les habitations !

En poursuivant l'ascension, une fois le versant nord contourné, ils se retrouvèrent sur une grande esplanade qui ouvrait sur un splendide panorama. Ils comprirent bientôt qu'il s'agissait là du toit même du palais ! Un bassin grandiose ouvragé, dont les statues centrales représentaient une scène amoureuse, trônait en son milieu, alimenté par la cascade toujours plus proche. Des bancs et des gloriettes étaient disposés çà et là et donnaient à l'endroit un goût de légèreté et de bien-être. L'air à cette altitude était déjà plus frais, mais fort supportable, et d'une pureté incontestable. Lonicéra inspira une grande bouffée, et ses poumons s'emplirent du parfum de l'humus évoluant sur la pierre, alimenté par l'eau virginale et mêlé à une senteur qui lui aurait été bien impossible de définir... un parfum suave, douceâtre, et qui collait à chaque cellule de son être. Elle se sentait bien. Qu'avait-il pu se passer ici pour que l'on requière leur présence ? Tout ne paraissait être que calme et sérénité, et pourtant, elle savait que quelque chose n'allait pas. Cela faisait plusieurs fois que la Déesse Mère de la Terre le lui murmurait. Et elle continuerait de le faire chaque fois qu'elle baisserait ses gardes : « N'oublie pas, Lonicéra, que si tu es là, c'est parce qu'une catastrophe se prépare. Vois par toi même. Ton pouvoir est amoindri par un enchantement. Ne te laisse pas envoûter par la magie de ce lieu, si différente de la tienne. » Alors Lonicéra avait eu l'impression de se réveiller d'un rêve et avait chassé les dernières brumes de son esprit. Ses compagnons, à côté d'elle, semblaient eux aussi hypnotisés par le même songe. Elle leur communiqua alors sa force, la force de la Déesse, pour les aider à lutter et leur permettre ainsi de dissocier le rêve de la réalité. Chacun entendit sa mise en garde, et c'est avertis, mais le cœur léger, qu'ils reprirent leur excursion.

Devant eux, face à l'esplanade, la cascade frôlait la paroi. La route y devenait chemin taillé à même la roche. La haute stature des deux elfes et de Goulven les força à baisser la tête afin de ne pas se cogner. Au contact des gouttelettes d'eau, le corps se sentait ressourcé, pétillant d'énergie. Les âmes étaient purifiées. La fatigue occasionnée par le tumulte des courants qui les avaient conduits jusque dans ce monde se trouva effacée d'un seul coup. Ils étaient prêts à partir à l'assaut de nouvelles découvertes. Et c'était tant mieux, car derrière la cascade, le chemin devenait sentier escarpé et pour le moins difficile d'accès. Un cheval, c'est certain, n'aurait pu l'emprunter. Voilà peut-être l'explication au fait qu'ils ne montaient pas plus avant ! Fort heureusement, en tant qu'êtres magiques, l'ascension ne serait pas aussi difficile. Ketty, cependant, ressentait davantage de difficultés que ses amis. Elle était la seule humaine de l'expédition et sa constitution physique ne lui permettait pas les mêmes exploits qu'eux. En cet instant précis, elle se prit à envier Goulven et sa carrure de picte athlétique. Toutefois, elle n'émit aucune plainte ; elle se remémorait un proverbe qu'elle avait entendu lorsqu'elle vivait encore dans le monde des humains. Sa mère lui disait ceci : « Toute peine mérite salaire, Ketty. Souviens-t'en. » Et en cet instant précis, elle ne risquait pas de l'oublier ! Elle était convaincue qu'une fois au sommet, elle serait récompensée de son effort, de quelque manière que ce soit. De plus, ses amis, qui avaient amorcé l'ascension de bon train, avaient ralenti leur allure afin de l'attendre. Même le chat, qu'elle prénommait désormais Ami, lui miaulait ses encouragements, revenant sur ses pas lorsqu'il avait pris trop d'avance. Ce petit manège fit sourire la jeune sorcière et elle eut juré que le chat lui avait renvoyé un clin d'œil. Enfin, après avoir trébuché plusieurs fois sur des rocs branlants, le sommet fut là. Goulven et Centaurea lui tendirent chacun une main aidante, qu'elle accepta de bonne grâce, afin de gravir la dernière marche d'une hauteur peu commune.

Chapitre 8
Révélations

Devant eux, imposant et fier, se dressait le temple d'Athéna. Basé sur un plan circulaire, de multiples et hautes colonnes aux chapiteaux à volutes en composaient l'enceinte. La frise ornant la base du toit plat était sculptée de scènes de combats, mais représentait aussi les artisans à l'ouvrage et l'étude des textes anciens. Une simple corniche la surplombait et, embrassant son temple d'un regard, la statue d'Athéna au blanc immaculé de l'albâtre s'élevait gracieusement, juchée sur son piédestal. Son visage majestueux contrastait avec la dureté symbolique du casque qui ornait sa tête. Son corps parfait était recouvert d'une toge dévoilant ostensiblement chaque part de son anatomie. Dans sa main droite, serré contre sa poitrine généreuse, le livre du savoir ; dans sa main gauche, l'épée de la victoire.

« Athéna fut pendant longtemps la grande référence de mon peuple ! s'exclama une voix douce derrière eux, les retirant de leur contemplation. Elle représente la sagesse, aussi intellectuelle que guerrière. Mais aujourd'hui, après plusieurs millénaires, son culte est tombé en désuétude. Cette statue est désormais pour nous la représentation de Gaïa, la Mère nourricière qui est le Tout. »

Une jeune femme blonde s'avançait vers eux, un sourire radieux aux lèvres. Ses cheveux bouclés cascadaient sur ses épaules jusqu'à la pointe de ses seins. Ils brillaient dans la lumière scintillante du cristal maître. Une parure en ambre jaune, orange et vert rehaussait le teint laiteux de sa peau. Centaurea jeta un regard à Goulven et fut surprise de constater que ce dernier ne semblait pas atteint par la magie de la créature. Celle-ci dut analyser la réaction de la jeune fée, car elle poursuivit :

— Mon nom est Télès. Je suis grande prêtresse de notre Mère Gaïa. Vos hommes ne craignent rien avec moi, car j'ai depuis longtemps fait vœu de pureté. Ainsi, j'ai appris à contrôler mon être propre et ne répondrait qu'aux avances de celui que m'aura désigné la Déesse. Soyez en paix sur ce point.

Elle s'était approchée de Centaurea et de Goulven et posait sur eux un regard bienveillant. Goulven, soudain plus confiant, la gratifia d'un sourire timide, mais ne put se résoudre à lâcher la main de son amie. Il n'aurait su dire si c'était d'appréhension, ou simplement car il s'était habitué au doux contact de cette main dans la sienne et à l'énergie qu'elle lui communiquait.

— En quoi consiste votre rôle dans cette cité, Télès ? s'enquit Centaurea, rassurée, après s'être présentée à son tour.

— Je suis gardienne du cristal maître. Je dois m'assurer qu'il ne s'éteindra sous aucun prétexte. Ce serait la fin de notre monde si cela advenait.

— Le cristal peut donc mourir ? intervint Lonicéra, étonnée.

— Ce n'est pas ce que j'ai dit. Le cristal fait partie intégrante de la pierre. Il ne peut donc pas mourir. En revanche, il peut s'affaiblir. Nous pensons que la pureté de l'eau de la cascade le purifie et le régénère. Mais nous ne sommes certaines de rien et nous préférons tout de même recharger le cristal par nos rites.

— Quels sont-ils ? questionna à son tour Ketty, avide de savoirs qui pourraient étayer son expérience.

— Révèlerais-tu le secret de fabrication de tes philtres à des non-initiés ? répondit Télès avec un sourire énigmatique, comme si elle savait précisément quel rôle tenait chacun.

— Certes non... Pardonne mon impertinence, Grande Prêtresse.

Ketty s'inclina devant elle, imitée par Ami qui vint ensuite se dandiner devant Télès, réclamant une attention qu'il n'avait jusqu'alors réservée qu'à la jeune sorcière. Amusées par son comportement, elles se mirent à rire. Puis, la prêtresse les invita à la suivre jusqu'au promontoire situé derrière le temple.

Sous leurs yeux ébahis, tout le monde englouti s'étendait à perte de vue. Qui aurait cru que l'endroit eût été aussi vaste ! Une force tranquille émanait de cet endroit. Une sensation de liberté accompagnait chacun des pas de Lonicéra. Dans les hauteurs de Gynaïka, à deux battements d'ailes du cristal maître, la fée se sentait sereine. L'harmonie régnait. Des oiseaux d'aucune espèce connue dans le monde terrestre, tous plus colorés les uns que les autres, voltigeaient autour d'eux, invitant les fées à prendre leur envol. Lonicéra sentit soudain ses ailes frémir et se déployer. Elle ne contrôlait plus ses sensations, et ne le voulait pas. Elle était libre, mue par l'appel de l'air brassé par la cascade tonifiante, par la puissance de l'énergie de la roche qui les englobait. Elle se tourna vers Télès, le visage heureux devant un paysage de pareille beauté, et s'aperçut alors que tous ses compagnons faisaient de même.

— Voici la magie de notre monde, murmura l'amazone. Vous comprenez maintenant l'énergie qui régit chacune de nos cellules. Nous sommes ici bien plus proches de la terre, de la pureté de l'eau, que vous ne l'avez jamais été. Vous êtes au cœur même de notre Mère et en captez tous les bénéfices.

— Il est vrai que je me suis rarement sentie aussi bien, chuchota Centaurea. Et pourtant, je suis une fée. Je ressens l'harmonie de toute chose. D'où vient ce sentiment de bien-être et de... - elle hésita un instant et poursuivit - ... de volupté qui prend possession de mes sens ?

Télès, dont le sourire bienveillant ne s'était jamais détaché de son visage, pointa le doigt sur l'horizon.

— Voici Ifaïstos. C'est par ce volcan que notre histoire a commencé. C'est à cause de lui que notre monde fut englouti. Sans lui, nous ne serions pas là, à des lieues de la surface des océans. Cependant, c'est à lui que nous devons notre salut. Son activité est en tout et pour tout liée à nos besoins. Aussi, lorsqu'une tension se fait sentir, des fumeroles de gaz s'en échappent, nous procurant à nouveau l'harmonie à laquelle nous aspirons.

Ce disant, le volcan frémit et laissa échapper l'une de ces fameuses fumeroles. Le parfum suave que Lonicéra avait senti lors de l'ascension lui envahit à nouveau les narines. Elle fut aussitôt assaillie par une sensation croissante de bien-être et de désir. Elle pouvait sentir autour de sa taille les mains de Briag qui l'amenaient à lui, qui voulaient la posséder. Elle fut tirée de son songe – car c'en était un ; Briag se trouvait certes non loin d'elle, mais pas assez proche pour la toucher physiquement – par le rire de Télès, et Lonicéra s'aperçut que les auras de ses compagnons avaient toutes augmentées en intensité. Même celle du chat venait rejoindre l'aura de Ketty. Les halos lumineux entourant chaque partenaire se liaient à leur autre moitié ; et la reine des fées sourit en constatant que sa fille et Goulven étaient bien plus proches que la jeune fée voulait bien le laisser paraître.

Enfin, son regard revint sur Télès qui, quant à elle, ne semblait pas perturbée outre mesure par les émanations du mont

Ifaïstos. Était-ce comme une drogue ? La force de l'habitude en diminuait-elle les effets ? L'amazone devina sa pensée et se contenta de hausser les épaules, laissant la question muette en suspens. Elle se détourna pour reprendre sa place face à l'immensité de ce panorama, et entreprit de détailler les lieux pour ses invités.

La voûte de la grotte s'étendait à perte de vue. Le mont Ifaïstos se dressait à la limite nord de cette barrière naturelle, ou du moins, Lonicéra pensa-t-elle qu'il s'agissait du nord. Comment aurait-elle été capable d'affirmer cela, alors que ni le soleil ni la mousse sur les arbres ne pouvaient lui indiquer de direction. De plus, si proche du noyau terrestre, la polarité était-elle toujours la même ? Elle choisit donc arbitrairement de situer le volcan au nord. Le sol, en partie recouvert par les coulées de lave et brûlé par les cendres incandescentes, était d'une stérilité lugubre. Aucune vie n'était repérable aux alentours d'Ifaïstos et un énorme bûcher brûlait à sa base. Télès éluda leur interrogation quant à l'utilité de ce brasier.

En ce lieu, la désolation régnait. Mais en laissant le regard revenir vers Gynaïka, l'on pouvait constater que ce n'était qu'apparences. Et comme il est coutume de dire : les apparences sont parfois trompeuses. Là où s'arrêtait la lave, débutait une plaine des plus luxuriantes. L'herbe d'abord jaunie, brûlée par la chaleur du magma trop proche de la croute volcanique, devenait verte et généreuse au fur et à mesure que l'on s'approchait de la cité des amazones. Des arbres parsemés se transformaient en une forêt qui s'étendait au pied de la ville. À l'ouest de celle-ci, le sol fertile laissait place à la roche. Un canyon aux reflets rouge et orange flamboyant s'élevait, sillonné en son milieu par une rivière menant directement à Gynaïka. Les eaux formaient un chemin vers le village des hommes, partiellement dissimulé derrière le roc et la jungle attenante. Télès ne leur en dit pas davantage sur ce village. Il n'était pas dans les coutumes des amazones de s'abaisser à parler des hommes.

En poursuivant l'observation vers l'ouest, le regard venait se poser sur le portail de la cité qui devançait les cultures en terrasses et la plage au loin. La paroi sud de la grotte était très proche de Gynaïka et n'accueillait que le ruissellement constant de l'eau provenant de la terre au-dessus de leurs têtes. Quant à l'est, une carrière se détachait du mur protecteur de ce monde sous-marin : les blocs d'impactite avec lesquels les guerrières avaient bâti leur cité laissaient leur empreinte dans la roche aux strates rectilignes.

Sans qu'ils s'en rendent compte, la lueur du cristal maître avait diminué d'intensité. Soudain, un halo irisé s'éleva sous la voûte rocheuse, telle une langue lumineuse aux couleurs du prisme, et se mit à danser au son de la cascade : une aurore boréale... Ou du moins, ce qui s'en approchait le plus. Derrière Ifaïstos, la paroi se mit à briller elle aussi, comme si de minuscules paillettes orangées y avaient été déposées. Après avoir laissé ses hôtes contempler la beauté du phénomène, Télès reprit la parole :

— De génération en génération, la tradition véhicule la légende de la clarté et du noir. Nos hommes appellent cela le jour et la nuit.

— Les sirènes ne sillonnent-elles plus le monde pour que cela soit devenu une légende ? interrogea Lonicéra.

— Malheureusement, non... Le monde extérieur est devenu trop dangereux pour nous. De grands filets raclent le fond des océans et nous prennent au piège. Chaque sortie en mer est un danger potentiel.

— Et la personne qui est venue nous accueillir sur la plage?

— Elle est celle qui fait le lien. Une messagère. Elle nous tient informées de l'évolution du monde d'au-dessus. Elle est d'un grand courage... Nous autres préférons désormais nous adonner à l'art de la guerre et préparer nos filles à conquérir le monde quand le moment sera venu. Voilà pourquoi nous sommes si peu nombreuses à connaître le cycle naturel qui appelle la clarté après le noir, et inversement. Les premières habitantes de ce monde ne pouvaient vivre sans. Trop de principes avaient été bouleversés dans leurs existences, trop rapidement ; elles voulaient continuer à honorer le dieu du Soleil, Apollon, même si l'astre n'était plus visible pour elles. Elles programmèrent donc le cristal maître afin qu'au bout d'un certain laps de temps, sa lueur s'amenuise, et revienne ensuite, indiquant l'arrivée d'une nouvelle journée.

— Elles le programmèrent ? répéta Lonicéra, interloquée. Comment est-ce possible ?

— Le cristal a une mémoire, Lonicéra. Si l'on sait comment faire, on peut donner des informations à la pierre, qui les restituera. C'est l'origine même de notre monde.

En y réfléchissant, Lonicéra se rendit compte qu'elle le savait déjà. C'était la base de l'électronique. Le quartz servait pour toutes les nouvelles technologies – à commencer par les montres et la mémoire des ordinateurs -, mais elle n'avait jamais compris comment cela fonctionnait.

— À chaque fin de cycle, reprit Télès, le cristal puise dans l'énergie de la terre et de la mer pour se régénérer. Lorsque sa lueur diminue, le nuage de lumière prend le relais, créé par l'association de la chaleur magmatique avec l'humidité ambiante. Nous ne pouvons le voir quand le cristal brille de plein feu, car la lumière chasse la lumière. Cependant, lorsque tout est sombre, la lumière jusqu'alors la plus faible devient la plus visible ! Quelle beauté, n'est-ce pas ? soupira Télès en se tournant face à Lonicéra.

— En effet... Je suis sans voix...

— Voilà qui devrait flatter notre reine. Nous avons peu l'occasion de recevoir des visiteurs. Thelxépéia apprécie les compliments, d'autant plus s'ils viennent d'une famille royale à la hauteur de la sienne.

Brusquement, des voix mélodieuses s'élevèrent, suivies d'un grondement sourd répercuté en écho le long des parois minérales. Au loin, sur la plage où Lonicéra et ses compagnons s'étaient échoués, des amazones étaient rassemblées, criant des youyous de joie vers le large. D'autres battaient les eaux de leurs nageoires de sirènes. Lonicéra pivota vers Télès dont le regard restait focalisé sur la scène.

— Regarde, Lonicéra, se contenta-t-elle de dire sans détourner les yeux. Vois par toi-même ce qu'il en est.

Lonicéra hocha la tête, et sans un mot, se tourna de nouveau vers la plage. Comme c'était étrange ; alors que tout le peuple des amazones s'esclaffait de joie, la grande prêtresse, maîtresse de la connaissance et gardienne de la vie, semblait triste et lasse. Quelque chose de terrible était sur le point de se produire, et elle ne pourrait rien y faire. Gagnés par la détresse silencieuse de Télès, les membres du groupe se rapprochèrent les uns des autres. Briag prit Lonicéra dans ses bras, où elle se blottit, les yeux fixés sur ce qu'elle avait volontairement choisi d'ignorer, absorbée par la splendeur de ce monde. Kieran se tenait derrière Hédéra, les mains sur les épaules de celle-ci, et Centaurea se serrait contre Goulven, dont la main rassurante se trouvait toujours dans la

84

sienne. Ketty était à côté d'eux, Ami dans les bras, le regard félin se voulant réconfortant.

Alors, les flots commencèrent à bouillonner. Les youyous cessèrent. Les nageoires replongèrent dans l'eau agitée. Après un instant qui parut interminable, tel un bouchon de liège remontant à la surface après immersion, la coque d'un bateau dévasté apparut sur la surface tumultueuse de la mer souterraine. Devant le regard médusé de Télès et des êtres sylvestres, les amazones se jetèrent à l'eau en hurlant. Leurs chants mélodieux s'étaient métamorphosés en cris rauques d'avidité. Chaque sirène ressortait de l'eau avec le corps inanimé d'un homme et l'emmenait sur le rivage, où elle s'arrangeait pour lui faire reprendre connaissance. S'il arrivait que l'un des survivants du naufrage soit encore conscient, elles se battaient pour avoir la primeur de son regard. Le pauvre bougre était aussitôt pris d'un amour passionné pour la femme qui l'avait secouru d'une noyade certaine et n'en démordrait plus.

— Peux-tu nous expliquer cela ? hasarda Lonicéra, mortifiée.

— Avant toute chose, commença Télès, ne jugez pas mon peuple trop sévèrement. – Elle fit une pause et reprit – Voyez-vous, nous avons besoin des hommes pour survivre. Pas uniquement pour une question de perpétuation de l'espèce, mais aussi, car nous, amazones, n'avons pas les mêmes besoins que de simples humains. Nous sommes nées pour la guerre, mais aussi pour l'amour. Et sans amour, nous mourons. Dans les profondeurs des océans, nous ne pouvons satisfaire ce besoin entièrement. De plus, le risque de consanguinité est bien trop important pour que nous nous accouplions toujours aux mêmes hommes. Aussi les attirons-nous par nos chants, faisant échouer leurs bateaux sur notre plage.

— Le mystère du triangle des Bermudes est né... murmura Lonicéra pour elle-même. Je suppose que très peu d'entre eux doivent survivre au naufrage ? reprit-elle d'une voix plus forte.

— Détrompe-toi, Reine. Nos chants coupent le souffle des humains et les maintiennent en vie par magie jusqu'à nos côtes. De plus, il ne serait pas dans notre intérêt de les tuer ! Ils nous sont bien trop précieux !

— Ne trouves-tu pas ce procédé injuste ? Ces hommes sont traités comme du bétail ! Ils n'ont pas de choix possible ! Comment réagissent-ils à cette capture ?

— Vois par toi-même, Lonicéra. Ils acceptent et le demandent ! S'ils souhaitaient repartir, nous les y autoriserions, mais jamais cela ne s'est encore produit !

— Si, comme tu le dis, tout est aussi bien régulé, pourquoi sembles-tu tant affectée par le spectacle, Télès ? intervint Hédéra. Télès hésita, mais décida tout de même de répondre :

— Ces derniers temps, mes consœurs font échouer beaucoup de bateaux… Beaucoup plus que nous n'en aurions besoin. Elles deviennent de plus en plus avides, assoiffées par je ne sais quel besoin inextinguible. C'est un problème que je ne peux résoudre seule. Et c'est pour m'aider que la Déesse vous a menés vers moi.

Chapitre 9
Début de l'expédition

Thelxépéia avait dit qu'ils étaient attendus au palais, mais en redescendant la route désertée, ils se doutaient que ce ne serait pas un accueil en grandes pompes. D'ailleurs, ils préféraient cela ! L'expérience de ce soir les avait pour le moins interloqués et ils avaient besoin de réfléchir à tout ce qu'ils avaient appris sur ce peuple aux coutumes si différentes des leurs. Chacun voulait prendre du repos et se recentrer.

Enfin, ils arrivèrent devant les imposantes portes de bronze ouvragé du palais de Thelxépéia. Une femme en armure, le sein gauche nu, y était représentée sur le dos d'un cheval cabré. La reine de ce monde leur avait expliqué qu'autrefois, lorsque les amazones vivaient en Cappadoce, les femmes de ce peuple guerrier se coupaient le sein droit pour plus d'aisance au tir à l'arc. Mais lorsqu'elles avaient commencé à vivre parmi les sirènes, cette pratique avait été oubliée. L'armure servait maintenant à les protéger des accidents liés à la pratique de cet art de précision. De plus, les sirènes tenant particulièrement à montrer leur féminité, avaient choisi de laisser le sein gauche libre afin de rappeler leur condition de séductrices. Une lance à la main, la guerrière représentée sur la porte terrassait un légendaire griffon, animal mythologique mi-lion, mi-aigle. De chaque côté de la porte se tenait, telle une statue, une garde en armure. En voyant la reine des fées et ses compagnons, l'une d'elles fit claquer son épée contre son bouclier, et la porte commença à s'ouvrir de l'intérieur. Lonicéra remercia la jeune femme qui inclina la tête d'un mouvement brusque avant de reprendre sa posture statique, regard fixé droit devant elle.

La servante qui les reçut, car elle était à n'en pas douter une servante, était vêtue d'une toge qu'une simple épingle retenait à l'épaule, témoignant de son statut inférieur. Elle les dévisagea un instant, s'attardant sur Goulven, Kieran et Briag, puis, sans un mot, leur fit signe de la suivre. Le hall était désert, tout le monde encore occupé sur la plage. Cette absence de vie rendait l'endroit encore plus immense qu'il ne l'était déjà. Le plafond s'élevait à une hauteur de huit mètres environ, pour approximativement la même profondeur. Large d'une dizaine de mètres, son centre accueillait un bassin rectangulaire où des cygnes - dont l'albâtre immaculé rehaussait l'impression de plumages diaphanes - étaient disposés aux quatre coins, crachant un jet d'eau vers le milieu de la fontaine. Tout autour du hall, de hauts piliers soutenaient des coursives aux balcons de pierre et rambardes en fer forgé. Les escaliers étaient habilement dissimulés derrière les imposantes colonnes. Une atmosphère irréelle, alimentée par la clareté de l'aurore boréale qui filtrait par les énormes puits de lumière percés dans le plafond, complétait la première description que Lonicéra ferait de l'endroit.

Toujours sans dire un mot, la servante les conduisit vers le fond du hall, passant devant les deux grands escaliers symétriques qui se faisaient face. Puis elle les entraîna dans un couloir dont la sinuosité laissait penser qu'ils étaient en train de contourner de l'intérieur le pilier de calcaire à la base de cette structure. Tout au long de ce couloir, des portes ouvragées, ouvertes ou non, laissaient deviner le faste du peuple amazone. Dorées à l'or fin, chacune représentait une scène particulière de la vie de la cour de Thelxépéia. Enfin, ils débouchèrent sur une pièce immense qui ressemblait dalle pour dalle au hall d'entrée, mais qui se trouvait sur le versant opposé du palais. La servante emprunta les escaliers et leur fit signe de la devancer dans les appartements qu'elle leur présenta. Enfin, sa voix hésitante retentit dans la pièce :

— Soyez les bienvenus dans le palais de Thelxépéia, Reine des Amazones. Vous êtes ici chez vous. Nous espérons que ces appartements vous conviendront. Ce soir, notre reine est occupée à l'extérieur ; elle ne pourra donc pas se joindre à vous pour le dîner. Celui-ci vous sera servi dans le salon situé en face de vous. Des vêtements propres, si toutefois vous vouliez vous changer, sont à votre disposition dans les armoires. Faites appel à nous si vous avez besoin de quoi que ce soit.

Sur ce, la jeune femme sortit en s'inclinant, laissant la place à une horde de servantes et de femmes de chambre qui entreprirent de disposer le couvert à table, ignorant parfaitement Lonicéra et ses compagnons. Lorsqu'un ordre était donné par la reine, il était suivi à la lettre !

Pendant que les amazones s'affairaient en tous sens, Lonicéra décida de visiter l'appartement. Tout avait été prévu comme si leurs hôtes savaient combien de personnes allaient arriver, ainsi que les liens unissant chacun des membres du groupe. La chambre la plus fastueuse – lit à baldaquin en ellipses dorés, miroir imposant au cadre assorti en vis à vis, commodes et armoires ouvragées, soieries et coussins répandus au sol invitant au délassement – était sans nul doute destinée à la reine des fées et son époux. Des tiges en fleurs d'un chèvrefeuille sauvage que l'on ne trouvait pas sur terre avaient été disposées dans un vase. La plante diffusait son parfum sucré dans les moindres recoins de la pièce. La deuxième chambre, un peu plus petite, mais non moins accueillante, ressemblait en tous points à la première, à la différence qu'aucun ornement en or ne venait décorer l'ensemble. Enfin, la troisième pièce disposait de trois chambres plus petites, comprenant chacune un lit de bonne dimension. Toutes se rejoignaient sur un petit salon où Centaurea, Ketty et Goulven auraient le loisir de se retrouver. Bien sûr, chaque chambre était équipée d'une salle de bain privative digne des contes des mille et une nuits. Une baignoire assez grande pour accueillir quatre ou cinq personnes à la fois trônait au milieu de grands miroirs. Les sols et murs couverts de mosaïques étaient harmonisés avec les couleurs de la chambre attenante. Quant à la vue sur le monde des amazones, elle était imprenable. Le nuage de lumière dansait à hauteur des yeux songeurs des êtres sylvestres.

Après un repas gargantuesque, dont la moitié des plats revint presque intact en cuisine – n'oublions pas que les fées et les elfes se nourrissent de peu – ils restèrent discuter de la journée du lendemain. Puis chacun regagna sa chambre pour prendre un repos bien mérité, avec en tête des pensées enivrantes de nuits d'amour partagées.

***

Au petit matin, alors que les lueurs irisées de la nuit s'effaçaient pour laisser à nouveau place à la lumière du cristal, Lonicéra demanda audience à Thelxépéia. Après les révélations de Télès, elle se demandait quelles étaient les motivations de la reine des amazones pour les recevoir chez elle. En effet, s'ils étaient présents pour mettre un terme au règne des sirènes assoiffées de testostérone, quel était l'intérêt pour Thelxépéia de les traiter en amis ?

Après quelques minutes, la réponse lui fut donnée par l'intermédiaire de la servante qui les avait conduits dans leurs quartiers la veille, et qui répondait au nom de Parthénopé : la reine était lasse et avait besoin de se reposer. Elle ne savait pas précisément pourquoi Lonicéra avait été envoyée par la Déesse dans ce monde. Mais elle était certaine que si cette dernière prenait le temps de visiter les lieux, elle y trouverait très probablement quelques pistes de réponses.

Alors que la servante finissait de réciter sa tirade, Lonicéra échangea un regard étonné avec ses compagnons. Thelxépéia essayait-elle purement et simplement de se débarrasser d'eux afin de mieux profiter de son nouvel « arrivage » de chair fraîche ? Ou bien le mal qui rongeait la communauté amazone était-il encore plus avancé qu'il ne paraissait au premier abord ? Quoi qu'il en soit, elle semblait pour lors se désintéresser de ses invités, ce qui convenait fort bien à Lonicéra. Ainsi elle aurait toute latitude à explorer ce monde sans avoir de comptes à rendre. Toutefois, Parthénopé les dissuada de se rendre au village des hommes. Il y avait mieux à faire que s'abaisser à pareille perte de temps !

Était-ce par pur esprit de contradiction, ou par une intuition fort à propos, que Lonicéra avait déjà planifié, avant même son réveil, de commencer son excursion par le village des hommes ? Après ce dont ils avaient été témoins la veille, ce lieu s'imposait comme une évidence ! Elle ordonna donc qu'on leur prépare un sac avec des victuailles – après tout, elle était reine elle aussi, et après la désinvolture dont faisait preuve Thelxépéia, elle entendait bien que ses hôtes ne l'oublient pas – et que des barques soient mises à leur disposition afin d'explorer l'île souterraine – ou plutôt sous-océanique – par le réseau de rivières qui alimentait Gynaïka. Tout fut exécuté selon ses désirs, et le petit groupe put prendre la route dès les premières lueurs cristallines annonçant le matin.

Un groupe de petites filles à la curiosité aiguisée les avait observés s'installer dans les trois canots mis à leur disposition, et leur avait posé des questions concernant leur destination. Briag leur avait répondu gentiment, mais succinctement, ce qui ne les avait pas satisfaites. C'est alors que Lonicéra s'était interrogée sur la teneur des leçons prodiguées à la jeunesse de cette cité. Les fillettes ne devaient pas avoir plus de huit ou neuf ans et déjà, devant une réponse non conforme à leurs attentes, elles se dandinaient, minaudaient face à la gent masculine, testant leurs charmes encore immatures sur ceux qu'elles auraient bien aimé asservir ! Vu de l'extérieur, ce comportement charmeur aurait pu faire sourire une âme non avertie, mais de l'angle où elle se tenait, Lonicéra trouva cette attitude pour le moins effrayante. Pour le moment, les enfants ne faisaient qu'attendrir Briag, Kieran et Goulven, mais à n'en pas douter, d'ici quelques années, elles seraient aussi redoutables en séduction que leurs aînées.

C'est sur cette pensée que Lonicéra embarqua avec Briag, alors que leurs amis prenaient eux aussi le départ. Dans l'air, flottait l'odeur omniprésente des fumerolles d'Ifaïstos. Et une idée en amenant une autre, la douceur avec laquelle l'onde frôlait la coque du bateau éveilla en Lonicéra le souvenir du satin de la peau de Briag sur la sienne, la fraîcheur de ses baisers, la brûlure qui s'éveillait à la lisière de son intimité alors qu'elle mourait de le prendre en elle. Elle ressentit la présence passionnée de son amour s'insinuer dans ses pensées et pivota pour le regarder. Il fallait qu'elle le voie, qu'elle le touche, qu'elle le sente… Mais brusquement, comme on s'éveille d'un rêve délicieux, elle entendit la voix en sourdine de Centaurea qui l'appelait. Le brouillard se dissipa autour d'elle et elle revint à la réalité du lieu, aux barques qui fendaient l'eau dans le clapotis des gouttes qui s'écoulaient des pagaies, au fait qu'au loin s'échappaient toujours les gaz euphorisants du volcan. Malgré son amour inconditionnel pour Briag, Lonicéra avait toujours su contrôler ses pulsions. Mais en ce lieu, elle aurait pu faire n'importe quoi pour être comblée de ce manque physique de lui, lui qui ne se tenait qu'à quelques centimètres d'elle, le regard brûlant de désir. Elle s'aperçut alors que leur embarcation dérivait, la volonté de l'un et l'autre annihilée par ce brasier ardent qui courait au plus profond de leurs êtres. À nouveau, elle entendit la voix de sa fille et celle, plus distincte, car résonnant dans sa tête, d'Hédéra qui lui recommandait de faire attention à la rive dont elle s'approchait dangereusement. Lonicéra et Briag se scrutèrent l'un l'autre, se promettant mentalement que ce n'était que partie remise, et chassèrent enfin la brume qui avait pris possession de leurs esprits. D'un air entendu, Hédéra et Kieran leur adressèrent des sourires complices – avaient-ils vécu quelque chose de similaire ? – et Centaurea les observa d'un air inquiet alors qu'ils reprenaient le contrôle du canot.

— Tout va bien ? s'enquit-elle auprès de ses parents. Vous étiez tellement étranges l'espace d'un instant !

— Oui, tout va bien ma chérie ! la rassura sa mère que le désir brûlait toujours autant. Nous faisions seulement une petite pause !

— Une pause ? Alors que nous venons seulement de partir ? Que vous arrive-t-il à tous les deux ? Nous avons une mission ! Dois-je vous le rappeler ?

— Tu es bien comme ta mère ! sourit Briag. Aussi impétueuse que lorsque nous nous sommes rencontrés !

Et tous éclatèrent de rire. Mais au plus profond d'elle, Centaurea s'inquiétait. Au fond d'elle, elle avait compris. Elle savait qu'elle devait coûte que coûte veiller sur ses parents dont l'amour fusionnel pourrait bien les mener à leur perte.

***

Ils traversèrent la forêt qui laissa soudain place à une grande étendue quasi désertique. Le sol composé de sable rouge parsemé de broussailles présentait de grandes similitudes avec le bush australien, et la chaleur y était aussi intense. En face d'eux se dressait le canyon qu'ils avaient aperçu la veille du haut du promontoire consacré à la déesse Athéna. La couleur rougeoyante observée depuis les hauteurs se muait maintenant en un dégradé allant jusqu'à l'orange. En effet, les strates plus ou moins épaisses montraient un large éventail de nuances colorées, variant suivant la texture. Les couches sédimentaires révélaient la profondeur des âges de la Terre. Le goulet semblait bien plus ancien que le volcan lui-même, car aucune trace de strate volcanique ne transparaissait dans la hauteur de la falaise. S'était-il formé avec l'érosion, ou l'ensevelissement de l'île l'avait-il créé de toutes pièces dans sa chute ? Lonicéra doutait que quelqu'un ait pu répondre à sa question.

Le lieu était magnifique, magique, fascinant. Le regard de Lonicéra s'attarda vers le sommet, à quelque quatre ou cinq mètres de haut. Un promontoire se détachait de la roche un ou deux mètres en contrebas et, avec les branchages qui en recouvraient la surface, elle le compara à quelque aire pouvant accueillir un aigle de la taille d'un taureau. Elle y pensa en souriant jusqu'à ce qu'elle s'aperçoive qu'elle n'était pas si loin de la réalité. Ce fut le bec qu'elle vit en premier, jaune et équipé d'un crochet acéré lui permettant de déchiqueter ses proies, entouré de plumes blanches qui brillaient dans l'éclat du cristal maître. Deux billes brun foncé se rivèrent dans son regard et un glatissement retentit en écho le long des immenses parois de sédiments. Deux énormes serres jaunes recouvertes de plumes jusqu'aux doigts s'accrochèrent à la roche, faisant avancer le rapace au bord du précipice. Ses ailes marron se déployèrent lorsqu'il s'élança dans les airs, dévoilant son corps de lion jusqu'alors caché dans son repaire. Le griffon piqua en flèche jusqu'aux embarcations, mais dévia au dernier moment. Poussant son cri suraigu, il effectua cette manœuvre à deux reprises, s'approchant de plus en plus, menaçant de saisir dans ses serres aiguisées l'un ou l'autre des intrus qui osaient ainsi pénétrer sur son territoire. Brusquement, alors que Lonicéra cherchait une parade aux assauts de l'animal, le temps sembla se suspendre. La brise légère tomba, le courant de la rivière cessa de s'écouler. Les barques se figèrent sur l'onde immobile. Centaurea, debout dans l'embarcation, leva la main en direction du griffon. Dans un piquet vertigineux, il s'élança vers le sol pour se poser dans un bruit mat à quelques pas d'elle. La jeune fée, en transe, sortit de la chaloupe et s'avança vers la bête légendaire. Elle n'avait pas uniquement figé le temps autour d'elle, mais elle avait imposé le repos aux éléments. Elle posa son pied sur la rivière, puis le deuxième, et s'avança à pas feutrés vers l'imposante créature. L'eau était devenue solide, et les seules traces que Centaurea laissait derrière elle étaient des ronds dans l'eau qui se figeaient à chaque nouveau pas. Lonicéra observait sa fille, la puissance qui émanait d'elle, lorsque celle-ci s'approcha du griffon et que, de sa main gracieuse, elle effleura l'encolure de l'animal. Soudain, le temps reprit ses droits, les souffles retenus pendant de longues minutes dans les poitrines de chaque participant au voyage résonnèrent en écho dans le canyon.

Centaurea avait ce don d'apaiser les animaux, quels qu'ils soient. Mais celui-ci était bien différent des autres ! Sa mémoire séculaire le rendait suspicieux et impitoyable. En stoppant le cours du temps, la jeune fée avait donné l'illusion au gardien du passage qu'ils ne souhaitaient pas y entrer plus avant. Mais lorsque les barques, libérées de l'envoûtement, pénétrèrent sur le territoire de la bête, Centaurea comprit qu'elle avait présagé de ses propres forces. Le griffon rentra sa tête d'aigle dans son cou. Son corps de lion se contracta sous une soudaine pulsion de rage. Son regard acéré se planta dans celui de Centaurea, lui reprochant sa trahison si flagrante. La carcasse imposante, dans sa démarche féline, pivota pour faire front à la fée, prête à bondir sur elle. Se tapissant sur le sol, dodelinant des épaules, les yeux perçants rivés sur sa proie, il prit son élan. Alors, d'une même impulsion, Lonicéra et Ami s'élancèrent vers la jeune fée. Apparue aux côtés de sa fille, la première roula avec elle sur le sol avant de disparaitre à nouveau. Quant au second, il se jeta toutes griffes dehors vers le lion à la tête d'aigle. Ketty poussa un cri d'effroi autant que de surprise, devant ce chat si petit, si vulnérable, qui courait vers une mort certaine. Quand soudain, il se métamorphosa en une magnifique panthère noire capable d'asséner des coups d'une violence inouïe au griffon. Dans un nuage de poussière, Ami plaqua la bête au sol, mais fut aussitôt propulsé à quelques mètres de là par la puissance du coup de pattes qu'il reçut dans l'abdomen. Se remettant aussitôt debout, il se rua à nouveau sur son ennemi qui, les ailes déployées prêtes à s'abattre sur sa proie, l'attendait en haletant. Malgré cette tentative d'intimidation, la créature légendaire n'effrayaient en rien la témérité de la panthère. Bondissant à sa rencontre, celle-ci abattit sur lui un coup de griffes avant même de toucher le sol. Des rugissements terrifiants et des cris perçants s'élevaient de concert alors que les adversaires se prenaient à la gorge. La puissance du bec acéré rivalisait avec la force de la mâchoire aux crocs meurtriers. Les ailes du griffon, qui pouvaient être une arme redoutable, étaient devenues un poids mort dans ce combat rapproché, et l'empêchaient de se mouvoir à sa guise. Cependant, les griffes aiguisées comme des rasoirs, montées sur des pattes d'une agilité remarquable, n'avaient rien à envier aux serres du griffon. Des éclaboussures de sang fusaient de ce tumulte. Dans cette bataille au corps à corps, les deux adversaires semblaient ne faire qu'un. Dans la violence de cet échange, il aurait été bien difficile de dire qui avait le dessus. Impuissants, les êtres sylvestres ne pouvaient qu'attendre que l'un ou l'autre des animaux mette fin au combat. La poussière brassée par les pattes toujours plus actives enveloppait la panthère et le griffon. Soudain, haletants, ils se séparèrent. Le griffon, le cou déchiré, tituba. Jetant un regard à ces ennemis qui avaient osé pénétrer son sanctuaire, il poussa un dernier glatissement à la ronde avant de s'envoler péniblement au loin. Maintenant difficilement sa trajectoire, il laissa le passage ouvert.

La panthère noire pivota vers Ketty et ses compagnons qui avaient mis pied à terre pendant la lutte. Sa grâce féline éclipsant la bave ensanglantée qui dégoulinait de ses babines, elle se dirigea vers la jeune sorcière. Celle-ci s'agenouilla et, de sa main sûre et confiante, attira l'animal à elle, le serrant contre son cœur. Ami venait de sauver la vie de Centaurea et peu lui importait qui il était vraiment. Ses actes parlaient pour lui. Dans ses bras, le félin au pelage doux et luisant reprenait petit à petit sa taille d'origine. Il rapetissait à vue d'œil et retrouva enfin sa forme initiale de chat. Initiale ? s'interrogea Lonicéra. Rien n'était moins certain. La réponse que lui fit l'animal lorsqu'elle le remercia mentalement ne fit que la conforter dans cette impression. « J'ai une dette envers toi depuis longtemps, Lonicéra... Comment pourrais-je laisser l'un des tiens dans le désarroi ? » La reine des fées en resta interdite. Elle ne comprenait pas la signification de ces paroles, mais le chat ne lui donna pas de piste pour l'éclairer sur ce point.

Centaurea s'approcha d'Ami et le gratifia d'une caresse amicale derrière l'oreille. Il étira son cou devant cette marque d'affection et ronronna de plaisir. Ses yeux malicieux s'attardèrent sur la compagnie, qui s'inclina devant lui en signe de respect et de remerciement. Puis toute nonchalance retrouvée, comme si rien ne s'était passé, il retourna s'installer dans sa barque en dodelinant de la tête, accompagnant le rythme imposé par son arrière-train.

Chapitre 10
Nahua-Zami

Ils ne revirent pas le griffon pendant tout le temps que dura la traversée du canyon. Centaurea avait eu peur que sa mère ne lui reproche sa témérité, mais il n'en fut rien. Lonicéra était fière des progrès de sa fille. Et bien que cette aventure ait pu se solder d'une manière beaucoup moins favorable pour eux, l'union avait fait la force. Une fois de plus.

Ce fut Goulven qui sembla le plus bouleversé. Centaurea pouvait sentir la retenue du jeune homme, mais aussi la colère qui sourdait en lui. Jamais elle ne l'avait perçu dans un tel état intérieur ! Cependant, malgré tous les regards interrogatifs de la jeune fée, il restait de marbre, refusant de lui adresser la parole, détournant les yeux quand il se laissait surprendre à l'observer. Elle ne voulait pas lui forcer la main ; il devrait bien sortir de son mutisme à un moment ou à un autre.

En attendant, le paysage se modifiait devant eux. Le canyon, tout à l'heure si rougeoyant et aride, laissait place à la mangrove. Les racines émergées de hauts palétuviers donnaient des airs arachnéens à la végétation. Des lianes pendaient des branches feuillues des arbres, rejoignant les échasses plantées dans l'eau où s'agrippaient des moules. Les troncs tordus s'élevaient en d'improbables arabesques vers la lumière du cristal scintillant. Des cormorans nichaient par centaines dans ces branches minces, mais résistantes. Leurs cris retentissaient tout autour d'eux, et Lonicéra s'étonna qu'ils ne se propagent pas jusqu'au promontoire de la Déesse. Le canyon y était peut-être pour quelque chose ; il devait probablement bloquer les sons dans cette partie du monde englouti. Une multitude de poissons aux écailles argentées nageait sous les embarcations et venait moucher à la moindre goutte tombant des pagaies.

Des blocs de pierre jonchaient le cours de la rivière, pris dans les entrelacs des racines de cette végétation luxuriante. Au milieu du lit, les plus gros agrégats avaient été dégagés depuis de nombreuses années et s'étaient envasés plus loin. Les barques avaient alors juste la place de circuler à la file indienne. Progressivement, les vestiges d'une civilisation ancienne prenaient vie : les blocs de pierre laissaient place aux murs écroulés aux dimensions imposantes, la rive était envahie des minéraux entremêlés de lianes et de feuilles. Des lézards s'y préchauffaient dans la chaleur de la journée. Accueillant la venue des visiteurs, des sculptures avaient été taillées à même les ruines, marquant le début d'une civilisation nouvelle. Tout autour d'eux, des silhouettes parées de magnifiques coiffes à plumes, des scènes rupestres et autres serpents arc-en-ciel témoignant de l'omniprésence de la culture amérindienne, prenaient vie au travers de la pierre. Tantôt effrayantes, tantôt avenantes, ces sculptures fascinaient les êtres sylvestres. Même si l'humanité devait s'éteindre, l'homme vivrait toujours au travers de l'essence même de son art.

Enfin, se dressant entre les palétuviers, des pontons de bois accueillirent la petite troupe. Profondément enfoncés dans la vase, les solides pilotis soutenaient des planches maintenues par des liens végétaux. Un peu plus loin, des enfants jouaient dans la boue. En les voyant arriver, ils déguerpirent en hélant leurs pères. Ceux-ci apparurent en courant alors que les derniers voyageurs sortaient des canoës. Lance au poing, ils s'approchèrent prudemment. Loin d'être menaçants, ils étaient néanmoins méfiants. Lonicéra s'avança et se présenta. Elle leur fit part des raisons de leur venue et attendit patiemment une réaction parmi les autochtones.

Un homme d'âge mûr, barbichette blanchie et rides au coin des yeux, dont le teint mat faisait ressortir le bleu de ses iris, se détacha du groupe. Bombant le torse, il se ficha dans le sol devant eux.

— Soyez les bienvenus, étrangers. Je me nomme Bob. Je suis le chef de Nahua-Zami.

— Bob ? réagit Lonicéra.

— Nahua-Zami ? releva quant à elle Hédéra.

— Mon nom ne vous plaît pas ? sourit le chef en prenant appui sur sa lance.

— Pardonnez mon incorrection, Bob, s'excusa la reine des fées. Un prénom aussi occidental m'a semblé tellement étrange prononcé dans un monde comme celui-ci…

L'homme se redressa et éclata de rire, toute méfiance déjà dissipée.

98

— Que signifie Nahua-Zami, Bob ?

— C'est le nom de notre village. Il signifie littéralement « homme-maison », Reine des fées. Il provient des premiers habitants de cette terre qui furent attirés ici par les sirènes : les Arawaks. Nous avons aujourd'hui oublié leur langage, car il y a fort longtemps que les derniers représentants de cette tribu se sont éteints ici. D'autres cultures ont pris leur place… Vous ne verrez nulle part ailleurs un tel mélange ethnique ! Les « arrivages », comme elles disent, ne tiennent pas compte des nationalités !

Nouvel éclat de rire repris en chœur par les voix graves des hommes toujours présents derrière le chef du village. Cette jovialité si communicative fut une bouffée d'oxygène pour la compagnie qui avait été fort éprouvée par la rencontre avec le griffon. Devant leurs sourires timides, Bob poursuivit :

— Soyez nos invités pour quelques jours, voulez-vous ? Nous n'aurons de cesse de répondre à vos interrogations du mieux que nous pourrons, puisque c'est aussi le désir de notre reine bien-aimée, Thelxépéia. Visitez notre village, parlez à qui vous entendra. Notre habitat est modeste, mais il sera le vôtre durant votre séjour parmi nous.

— Nous te remercions infiniment, Bob. Nous acceptons ton offre avec plaisir.

Lonicéra s'inclina devant lui, relayée par ses amis et le chat.

***

Le village de Nahua-Zami était plus proche que Lonicéra ne l'avait imaginé. Lorsqu'ils avaient mis pied à terre à l'orée de la jungle foisonnante, il lui avait semblé qu'il leur faudrait parcourir une distance importante avant de sortir de cette végétation si dense. Elle se rendit vite à l'évidence qu'il n'en était rien. Ils cheminèrent quelque temps entre les arbres aux troncs tordus qui s'étaient frayé un passage dans les ruines écroulées, avant de déboucher sur une immense plaine au milieu de laquelle se dressait le village. En son centre, une pyramide de style aztèque s'élevait vers le plafond rocheux. Tout en haut de ses escaliers montant à pic, siégeait un temple rectangulaire imposant. Lonicéra et Briag échangèrent un regard en se promettant que cet endroit serait le premier lieu à visiter. Une énergie hors normes se dégageait de l'édifice, les atteignant au cœur et se répandant dans tous leurs membres. Ils en étaient persuadés, une partie des réponses qu'ils étaient venus chercher se trouvait enfermée dans ces pierres.

Dans une discipline quasi militaire, les maisons des hommes avaient été bâties le long de ruelles rectilignes ceignant la pyramide. Celle-ci semblait symboliser l'astre solaire entouré de ses rayons d'habitation. La maison de Bob faisait face à l'édifice, de telle façon qu'il était le premier à bénéficier des bienfaits de l'énergie de la pierre.

Dès que les villageois aperçurent les soldats, un attroupement massif s'organisa autour des nouveaux arrivants.

— Qui sont-ils ? questionna l'un, méfiant devant l'aura magique des elfes.

— Qui sont-elles ? interrogea l'autre devant la beauté et la grâce des fées.

— Pourquoi sont-ils ici ? poursuivit un autre.

Tout le monde se bousculait pour voir, entendre, ou même toucher les êtres magiques. Les enfants, aussi curieux que leurs pères, passaient entre les jambes de ceux-ci pour être au plus près. Bob lui-même semblait surpris par le manque de bienséance de son peuple, et ne savait plus comment s'y prendre pour leur faire recouvrer leur calme. Soudain, un cri s'éleva. Une voix grave, tonitruante. Lonicéra crut alors être de retour dans le monde des pictes, car la dernière fois qu'elle avait entendu pareille voix, elle émanait de Gurvan, le chef de ce peuple légendaire. Tout le monde se tut et les regards convergèrent vers Goulven. Rouge de colère, entourant une Centaurea effrayée de ses grands bras musclés, sa dague à la main, il grondait à pleins poumons.

— Stop !

La foule se figea.

— Que tout le monde se calme maintenant ! Et toi, tonna-t-il sur un bambin qui tenait encore dans sa main le bout d'une aile de Centaurea, lâche cette aile tout de suite ! Aimerais-tu que l'on t'attrape de la sorte ? Cesse de violenter mon amie !

L'enfant obtempéra, oubliant au passage de fermer sa bouche toujours bée devant telle puissance.

Lonicéra savait qu'elle pouvait compter sur Goulven pour protéger sa fille. Son amour pour elle dépassait celui d'un frère pour sa sœur. Mais même si elle était ravie du soutien dont il faisait preuve, elle craignit un instant que son intervention ne

100

braque leurs hôtes. Fort heureusement, il n'en fut rien, et contre toute attente, Bob s'exclama :

— Bien dit ! Un homme qui protège sa compagne de la sorte est un digne représentant de son peuple !

Puis, profitant de cette entrée en matière pour répondre aux questions de ses hommes, le chef poursuivit de sa voix la plus forte afin d'être entendu de tous :

— Mes amis ! Je vous présente Lonicéra, Reine des Fées, et ses compagnons, qui seront nos invités pour les jours à venir.

Tous accueillirent cette déclaration avec force de hourras et autres cris de bienvenue qui ne diminuèrent pas lorsque le cortège reprit sa marche vers le centre de la cité.

L'après-midi se passa à visiter le village, Bob se chargeant lui-même de faire découvrir aux voyageurs les subtilités de leur mode de vie. Ainsi leur apprit-il qu'il existait différentes classes d'hommes rattachées aux femmes de Gynaïka. Tout d'abord, il y avait la classe des géniteurs : ces hommes choisis pour leurs qualités physiques et leur intelligence servaient les sirènes pendant la journée comme n'importe quel domestique. Mais la nuit venue, ils devenaient les jouets consentants de ces dames. Les critères de sélection étaient très rudes, car les amazones voulaient le meilleur pour leur descendance : des femmes bâties pour le combat, car à n'en pas douter, elles voudraient un jour revenir à la surface du monde pour le conquérir. Ensuite, se trouvait la classe des soldats, anciens géniteurs dont elles s'étaient lassées. Ils leur étaient loyaux jusqu'à la mort, envoûtés par des années d'amour enfiévré. Ils vivaient dans le village, mais disparaissaient dès qu'ils ressentaient l'appel de leurs maîtresses. Enfin venait la classe des cultivateurs, le reste des hommes de l'île dont Bob était le chef. Ceux-là étaient composés de ceux que la nature avait le moins bien doté, et qui n'avaient donc pas eu le privilège de partager le lit de celles à qui ils avaient pourtant prêté allégeance. Les anciens venaient complé-ter leurs rangs. Ceux qui ne pouvaient plus être ni géniteurs ni soldats se laissaient bien souvent mourir de chagrin. Telle une accoutumance, le manque de celles qui avaient autrefois été leurs amantes leur était insupportable. Cette caste avait pour mission de ravitailler Gynaïka en denrées diverses et variées, mais était aussi chargée de l'éducation des jeunes garçons. En effet, à l'âge de sept ans, ces derniers étaient confiés aux hommes en attendant qu'ils grandissent. Ils seraient à leur tour répartis dans les différentes classes le jour de leur dix-septième anniversaire et serviraient les nouvelles générations d'amazones.

— Nous nous sommes laissés dire qu'il y avait beaucoup d'échouages ces derniers temps, glissa Lonicéra une fois que Bob eut fini ses explications. Cela ne créait-il pas une surpopulation entre ces murs minéraux ?

— Je comprends ton interrogation, Lonicéra, mais cela n'a rien changé à nos vies. D'anciens géniteurs, juste passés au statut de soldats, nous ont rapporté que la soif d'amour de nos souveraines était devenue telle qu'eux-mêmes n'arrivaient plus à les satisfaire seuls. Désormais, elles accueillent ces autres hommes qui meurent d'amour pour elles. Ils ne connaissent de ce monde que les murs du palais et les couches satinées des amazones. Lorsqu'elles les ont consommés jusqu'à ce qu'ils meurent d'épuisement, ils sont transportés sur d'énormes bûchers, juste en dessous d'Ifaïstos.

— C'était donc cela ! s'écria Hédéra. Je comprends maintenant pourquoi Télès ne nous a pas répondu lorsque nous lui avons demandé de quoi il s'agissait !

— Est-il si difficile de résister à leurs charmes ? interrogea alors Centaurea. N'y a-t-il aucun moyen de se prémunir de ces pulsions ?

Un long silence s'installa et l'air lui-même sembla s'emplir d'une tension sexuelle intense. Ifaïstos crachait à nouveau ses fumerolles euphorisantes. Lonicéra et Briag, Hédéra et Kieran, se sentirent à nouveau irrésistiblement attirés âme sœur vers âme sœur, comme si leurs volontés propres étaient annihilées. Ce fut Bob qui les fit revenir à la réalité.

— Cela n'est pas aussi simple, Princesse Centaurea. Comprends une chose : nous chassons pour nourrir notre communauté et la leur. Nous cultivons la terre pour elles. Nous travaillons sans relâche, parfois comme des esclaves, mais nous sommes heureux de le faire. Parfois, nous sommes tentés de rentrer chez nous, mais elles nous promettent leur amour, et nous sommes obligés de rester au cas où elles s'intéresseraient de plus près à notre communauté de cultivateurs et de soldats ! Si nous n'étions plus là alors qu'elles ont besoin de nous, qu'adviendrait-il d'elles ? Leur pouvoir est ma foi grand, et nous ne pouvons y résister, amoureux transis que nous sommes !

— Mais tout de même, s'insurgea la jeune fée, il doit être possible de résister à…

— N'as-tu donc rien entendu de ce que vient de dire Bob ? l'interrompit Goulven qui paraissait désespéré. Quand on aime, on ne peut qu'accepter, même si l'on doit en souffrir.

Tous les regards s'étaient braqués sur lui. Seule Centaurea semblait ne pas saisir le sens de ses paroles. Les autres savaient, eux, mais cela importait peu au jeune homme. Ne supportant plus les regards condescendants, Goulven tourna les talons, non sans s'être excusé auprès du chef, et se dirigea vers l'entrée de la ville. La jeune fée l'observait alors que sa silhouette rapetissait avec la distance, et sentit que les visages s'étaient maintenant tournés vers elle.

— Qu'y a-t-il ? Pourquoi me regardez-vous de la sorte ?

— Ton ami a besoin de toi, ma chérie.

— Je sais, maman. Mais si je ne comprends pas ce qui lui arrive, comment pourrais-je l'aider ?

— Comme tu l'as toujours fait, voyons ! Pourquoi cela serait-il différent cette fois-ci ? Écoute ton cœur, et tu sauras entendre celui de Goulven.

— Vas-y, Princesse des Fées, renchérit Bob. J'allais commencer le fastidieux inventaire du matériel agricole dont nous disposons. Je suppose que ces données ne te manqueront pas !

— Fort bien. Merci Bob. Ketty, m'accompagnes-tu ?

La jeune sorcière, prise au dépourvu, balbutia quelques mots avant de se ressaisir.

— Je pense que tu n'as aucun besoin de ma présence lorsqu'il s'agit des états d'âme de Goulven, Centaurea. Toi seule peux l'apaiser.

— À tout à l'heure alors. Je ne serai pas longue, promit la jeune fée.

À son tour, elle tourna les talons et partit à la poursuite de Goulven.

***

Elle le trouva assis en tailleur sur le ponton, faisant danser entre ses doigts un galet poli par les eaux. Un petit tas de pierres à sa droite laissait entendre qu'il n'avait pas l'intention de les garder pour lui bien longtemps !

— Penses-tu qu'il soit raisonnable de faire des ricochets avec les crocodiles qui grouillent dans ces eaux ? le héla Centaurea qui s'était adossée à un palétuvier à quelques mètres de Goulven.

— Vois-tu les enfants qui jouent dans la boue là-bas ? Cela m'étonnerait que leurs pères les laissent s'amuser sous le nez de reptiles aussi voraces !

— Tu as raison, Goulven. Ce n'est qu'à la tombée de la nuit qu'il faudra être prudents car la plus grande menace de ces lieux est le serpent des mangroves, un reptile nocturne et arboricole, très agressif et venimeux. Si tu vois un serpent noir avec des anneaux jaunes, surtout, fais le mort !

Goulven esquissa un sourire, celui qu'il affichait – il s'en était aperçu récemment – devant l'insouciance pesée de Centaurea.

— Est-ce que je peux venir m'asseoir à tes côtés ?

Le jeune homme donna un coup de menton sur sa gauche en désignant le ponton. Prenant cela pour un acquiescement, la fée se dirigea vers lui. Alors qu'elle s'installait elle aussi en tailleur près de son ami, elle posa délicatement sa main sur le bras de celui-ci, plus inconsciemment que par souci de prendre appui. Un frisson le parcourut soudainement, faisant sursauter Centaurea.

— Que se passe-t-il, Goulven ? Tu es étrange depuis quelque temps.

— Comment est-il possible que tu sois capable de ressentir la nature qui t'entoure, mais pas ça ? soupira-t-il, dépité.

Elle se contenta de hausser les épaules afin de l'inciter à poursuivre.

— Ces hommes qui se meurent d'amour... Ils ne peuvent pas choisir...

— Je suis d'accord. Ils sont sous l'emprise de leurs sortilèges...

— L'amour est-il un sortilège alors ? Tu ignores ce que c'est d'aimer quelqu'un d'un amour sincère et fort, mais que cette personne ne t'aime pas de la même façon en retour.

— De quoi parles-tu, Goulven ? Te serais-tu épris de l'une d'entre elles ?

Sa voix s'était cassée sur cette dernière phrase, et toute la légèreté qu'elle affichait quelques instants plus tôt s'était évanouie. Goulven plongea son regard dans le sien, déversant dans les yeux de la fée toute la passion qu'il avait contenue jusqu'alors.

— Tu n'as donc toujours pas compris ? J'aurais pu me laisser subjuguer par elles... Je suis faible face à elles... Ma planche de salut, c'est toi, Centaurea ! Tu me donnes la force de lutter contre leur emprise !

— Tu parles sans savoir ce que tu dis ! Ce sont ces émanations qui te font croire cela !

— Cesse de chercher des excuses là il n'est pas besoin d'en trouver ! Cela a toujours été ! Quand tu es près de moi, je me sens plus fort, prêt à tout pour t'être agréable ! Je vois ta joie de vivre et j'ai envie de rire avec toi. Je sens ton parfum et je rêve d'enfouir mon visage dans tes cheveux si soyeux. Je sens ta main sur ma peau et je ne réponds plus de moi. Peut-être les fumerolles de gaz me montent-elles au cerveau, mais au moins me permettent-elles d'oser te dire tout cela !

Devant tant d'ardeur, Centaurea baissa les yeux, cherchant les mots justes. D'une main douce, mais ferme, Goulven lui fit relever le menton et l'obligea à le regarder dans les yeux.

— J'attendrai le temps qu'il faudra, Cent. Et même si tu ne m'aimes pas comme je t'aime, sache que je te serai toujours dévoué.

— Ne dis pas cela, moineau ! chuchota-t-elle alors.

— Au contraire ! Je te jure que tu pourras toujours compter sur moi, en quelque circonstance que ce soit.

— Non ! protesta-t-elle. Je ne parlais pas de ça ! Ne crois pas que mes sentiments à ton égard sont moins forts que ceux que tu éprouves pour moi !

Elle fit une pause afin de s'éclaircir les idées, puis reprit, des larmes perlant sur ses cils telle de la rosée.

— Comprends une chose, Goulven. Depuis toujours, tu as veillé sur moi, comme un frère veille sur sa sœur. Alors, lorsque tu me protèges et que je sors de ton giron à contrecœur, lorsque j'ai envie de t'embrasser quand nous chahutons et roulons au sol, ou que j'aimerais tout simplement m'abandonner contre ton épaule bercée par les battements de ton cœur, je pense à ce lien fraternel qui nous unit, et je m'interroge. Est-ce cela l'amour tel que mes parents peuvent le ressentir ? Ou bien est-ce la continuité de notre relation frère-sœur ? Je t'avoue que je remets cette dernière hypothèse en question de plus en plus souvent.

D'une main hésitante, Goulven repoussa une mèche de cheveux du front de la jeune fée et fit glisser ses doigts le long de sa joue. Inclinant la tête vers la douce chaleur de la peau du jeune homme, elle accueillit cette caresse dans un soupir de résignation. Les mains en coupe autour du visage bouleversé de son amie, Goulven l'embrassa avec toute la passion qui l'animait. Centaurea ne put que se laisser aller à cette étreinte, se cambrant, se pressant contre lui comme pour fusionner avec l'homme qu'elle ignorait aimer depuis le premier jour.

— Crois-tu que ton corps réagirait comme cela pour un frère ? l'interrogea-t-il après qu'il se fut légèrement reculé.

— Je ne sais pas, ânonna-t-elle sous l'emprise du baiser. Je n'ai pas de frère de sang !

— Moi, j'en ai, et je peux te dire que je n'ai jamais ressenti ça pour eux !

Centaurea éclata de rire, rejetant sa longue chevelure rousse en arrière. Ses grands yeux malicieux allumèrent dans les pupilles de Goulven un espoir nouveau. La rejoignant dans son hilarité, ils se taquinèrent, se donnèrent des bourrades et chahutèrent comme ils avaient l'habitude de le faire depuis des années. Enfin, admettant qu'elle n'était pas de taille à lutter contre la force physique du picte, la jeune fée s'abandonna sur son épaule, emplissant ses narines de l'odeur rassurante de celui-ci. Le temps leur sembla comme suspendu. Ce fut la lumière tamisée du cristal qui leur fit prendre conscience qu'il était l'heure de retrouver leurs compagnons. À contrecœur – car il aurait préféré rester encore un peu seul avec son aimée –, Goulven accepta la main que Centaurea lui tendait et ils partirent tous deux vers Nahua-Zami.

***

La lueur du cristal maître s'était atténuée, annonçant la fin de cette journée. Les deux jeunes gens cheminaient entre les grands arbres. Goulven, plus prévenant que jamais, s'assurait que Centaurea ne trébuche pas sur les racines extériorisées des palétuviers. Soudain, ils perçurent un son étrange en provenance du village. Ils hâtèrent le pas, laissant derrière eux la jungle et sa canopée florissante, mouvante sous les impulsions qui lui étaient données par les animaux nocturnes qui s'éveillaient à leur tour. Plus ils approchaient du village, et plus le son s'intensifiait. C'était un son inconnu d'eux, monocorde, linéaire… sans l'être. Des variations infimes se faisaient entendre, comme s'il avait été circulaire. Puis un carillon vint s'ajouter. Bref. Tintant. Clinquant. Leurs cerveaux semblèrent s'éveiller simultanément d'une torpeur peu à peu acquise. Le son linéaire s'atténua pour laisser place à un autre, presque identique, mais joué sur une autre note. De quel instrument cela pouvait-il bien provenir ?

Attirés par cette étrange musique, ils débouchèrent sur la place du village. Éparpillés tout autour, assis en tailleur ou sur leurs talons, les hommes écoutaient, paupières closes, et laissaient ces sons prendre possession de chaque molécule de leurs corps. La linéarité se transformait en bourdonnement sur lequel venait s'ajouter le tintement de cloches au son cristallin. Cristallin, c'était le mot. En effet, au centre de la place, six énormes bols en cristal de roche avaient été disposés en cercle. Leur circonférence était d'une telle ampleur que chaque homme placé devant son instrument n'aurait pu l'entourer de son envergure. Chaque note frappée ou chantée par le cristal apportait de la chaleur à leurs corps. Depuis la base de la colonne vertébrale jusqu'au sommet du crâne, l'énergie créée par le cristal circulait librement, s'attardant parfois au creux du ventre ou du diaphragme, à la gorge ou au milieu du front, libérant diverses couleurs qui les pénétraient en même temps que les sons ; chaque centre énergétique s'équilibrait grâce à la puissance de ceux-ci. Et au milieu de tous ces bols, un septième encore plus gros déversait de son cristal fumé, le son mat qui semblait englober tous les autres. L'énergie émise les atteignait en plein cœur, faisant remonter en eux tout l'amour dont ils étaient dépositaires. Soudain, un carillon résonna, faisant tinter ses tubes métalliques en une folle danse. Un sourire d'amour universel se dessina sur les visages attentifs de tous les auditeurs. Centaurea observait ses parents, éblouie par leur beauté. Sur leurs fronts et ceux d'Hédéra et Kieran, la marque de la Déesse Mère venait de s'éclairer. Ils ne faisaient plus qu'un avec la terre. Les carillons se turent.

Chacun dut ressentir l'intensité de son énergie avant qu'elle n'apparaisse, car les yeux s'ouvrirent les uns après les autres lorsque Tellus – ou Gaïa pour les amazones – se mit à danser dans l'éther au-dessus des bols en cristal qui poursuivaient leur concert. Elle s'inclina devant Lonicéra qui, le visage serein, lui rendit son salut, puis devant chaque membre de l'assemblée. Les hommes, éblouis par tant de beauté, l'observaient bouche bée. Alors que les tambours et la guimbarde s'unissaient à leur tour aux bols, la

Déesse Mère intensifia sa danse, pour exploser en milliers de rayons lumineux aux couleurs du prisme lorsque le carillon fit retentir le final de ce concert énergétique intense.

Le silence se fit soudain. La nature entière parut se figer. Et quand le dernier rayon lumineux toucha le sol et que Tellus reparut au-dessus de Lonicéra et ses compagnons, les hourras éclatèrent comme un seul homme. La merveilleuse énergie déployée avait réchauffé le cœur et ragaillardi le corps de chacun. Enfin, dans une révérence, Tellus prit congé. La seule preuve de sa présence passée flotta encore pendant plusieurs heures sur le front de ses Élus, rappelant à tous que tout cela n'avait pas été un rêve.

Le calme revint enfin et les visages se tournèrent vers la reine des fées. Les hommes lui adressèrent des sourires et des hochements de tête respectueux, puis se levèrent pour disparaitre avec les enfants endormis dans leurs bras, dans les petites maisons de torchis.

Centaurea et Goulven se joignirent alors au petit groupe du peuple sylvestre et, blottis l'un contre l'autre, s'abandonnèrent à un sommeil bienveillant à la lueur du cristal maître. Lonicéra se sentait paisible, heureuse d'être là, mais au fond d'elle, planait la mise en garde que Tellus lui avait adressée juste avant de partir : « Ne te laisse pas aveugler, Lonicéra. N'oublie pas la raison de ta présence en ces lieux ! »

Justement, pourquoi était-elle ici ? Qu'attendait précisément Télès de leur intervention ?

Chapitre 11
Le Temple

Comme ils se l'étaient promis, la journée du lendemain débuta par la visite du temple couronnant la pyramide. Bob trouva normal de les laisser faire cette expérience par eux même. Par sa pointe orientée vers le ciel, la pyramide réceptionnait les énergies émanant de la voûte de la grotte et s'associait à la terre grâce à sa base large. Elle permettait ainsi aux pèlerins d'approcher la spiritualité tout en restant ancrés à la terre. Bob le savait et considéra que sa présence serait préjudiciable aux êtres sylvestres dont la vibration énergétique était déjà fort élevée.

C'est ainsi qu'après avoir gravi les deux-cent-quarante-six marches trois fois plus hautes que profondes constituant l'escalier de la pyramide, ils atteignirent le sommet de l'édifice. Bien que la voie des airs aurait été plus rapide, les fées tinrent à accompagner leurs amis à pied afin de profiter ensemble de la vue imprenable sur le village. À soixante-cinq mètres au-dessus du sol, ils étaient encore bien loin de la hauteur vertigineuse du promontoire du temple d'Athéna. Cependant, il avait sûrement fallu de nombreuses années et moult ouvriers pour bâtir ce monument. En face de l'escalier si abrupt se dressait un autel rudimentaire en pierre, autrefois consacré aux sacrifices humains. Cette coutume s'était perdue au fil du temps, fait que Lonicéra avait été soulagée d'entendre de la bouche du chef du village. Hédéra posa la main sur le minéral, et les sentiments de peur et d'horreur mêlés la prirent à la gorge. Pendant des siècles, le souvenir de ces années de terreur était resté enfermé là ; la fée venait d'en faire l'expérience. Aussitôt, elle retira ses doigts et chassa cette énergie néfaste hors elle. Elle n'arrivait pas à comprendre comment une personne pouvait mettre fin à la vie de tant d'autres. Cependant, elle saisissait les raisons de tels actes. L'ignorance était la base de tout. Les premiers peuples ayant bâti cette cité croyaient que si le soleil n'était pas nourri de sang, il s'éteindrait avec toute la vie qu'il produisait. Quelle importance de sacrifier quelques vies si c'était pour en sauver de nombreuses autres ? Ce qu'elle comprenait moins, c'était la raison pour laquelle ils avaient continué à le faire ici, sous terre, alors que les amazones exécutaient elles-mêmes leurs rituels pour garder le cristal maître actif ? Mais en y réfléchissant, n'était-ce pas le même comportement, la même croyance ? De plus, les cultures changent, mais mettent des décennies, voire des siècles à évoluer. Et c'est précisément ce qui s'était passé ici. Les croyances avaient été bouleversées, et après un temps incommensurable passé en sacrifices humains pour le cristal maître – remplaçant d'Inti, le dieu du soleil des amérindiens – cette pratique était tombée en désuétude sans que le cristal ne perde de son éclat ! Peut-être les amazones finiraient-elles aussi par abandonner leurs rituels ?

Derrière l'autel, le temple se dressait fièrement. À qui était-il dédié aujourd'hui ? Les êtres sylvestres ne le savaient pas. À la vue de l'enthousiasme provoqué la veille par l'apparition de Tellus, il y avait fort à parier que les hommes rendaient le même culte que leurs maîtresses à la déesse de la terre, Gaïa. Lorsqu'ils pénétrèrent dans l'enceinte du temple par la porte principale, la pénombre les obligea à stopper leur progression en attendant que leurs yeux s'accommodent. L'endroit était sombre, éclairé par seulement quelques torches accrochées aux murs. Ils s'étaient attendus à voir des sculptures, des fresques ou autres représentations d'appartenance religieuse. Mais l'endroit était nu. Seules deux colonnes représentant des crânes humains empilés se faisaient face à l'entrée du temple. Sans un instant d'hésitation, Ami avança vers le fond du lieu consacré. Ketty, lui ayant accordé toute sa confiance, le suivit et encouragea ses compagnons à faire de même. Lonicéra ne comprenait pas pourquoi, mais elle était appelée par cet endroit, autant qu'elle souhaitait le fuir à toutes jambes. Elle savait qu'elle n'aimerait pas ce qu'elle y trouverait et pourtant, ce serait la clé qui lui permettrait de retourner chez elle, à Cherry Island. Comme son monde lui manquait ! Comme la présence bienfaisante des fées lui faisait défaut ! Briag sentit sa faiblesse et s'approcha d'elle en posant une main encourageante sur son épaule.

— *C'est à toi de décider, lui dit-il par leur lien mental. Si tu ne veux pas y aller, nous rebrousserons chemin. Écoute ce que ton cœur te dicte.*

— Il me dit d'y aller... mais j'ai peur de découvrir des choses que je ne souhaite pas connaître...

— La peur est un frein à toute entreprise. Tu es forte, Lonicéra. C'est cet endroit qui te fait douter, avec toute l'énergie de destruction qu'il comporte. Recentre-toi et prends ta décision. Il n'est pas de place pour l'incertitude dans notre quête.

Lonicéra ferma les yeux, rentrant en elle-même, là où elle savait trouver Tellus. Puisant dans l'énergie de la terre, la laissant envahir tout son être, l'inspirant au plus profond d'elle-même, elle entendit la voix de la déesse : *« N'oublie pas pourquoi tu es ici, Lonicéra. Vois ce qu'il en est. »*

Rassérénée par cette force intérieure, elle attrapa un flambeau accroché au mur. Elle avança à la suite de Ketty, bientôt imitée par ses compagnons.

« Il n'est pas de place pour l'incertitude », avait dit Briag. Et il n'y en aurait pas. Elle n'allait pas abandonner maintenant, alors qu'elle avait survécu à tant de maléfices !

Aussi, lorsque les murs du temple commencèrent à se resserrer autour d'eux au fil de leur progression, elle ne s'alarma pas. Au contraire, elle accueillit ce curieux phénomène avec amusement. Remarquant que Centaurea se blottissait contre Goulven avec appréhension, elle lui communiqua toute sa paix intérieure.

— Tout va bien, ma chérie, la rassura-t-elle. *Ceci n'est qu'un test qui nous mènera à la connaissance. Reste avec Goulven et veille sur lui si les choses devaient tourner différemment de ce que je prévois. N'oublie pas que tu es une fée d'une grande puissance.*

Ragaillardie par les propos de sa mère, Centaurea se redressa, plus sûre d'elle. Elle hâta le pas derrière elle, la main de Goulven toujours enfermée dans la sienne. Ce dernier perçut le changement d'attitude de la jeune fée et sourit à Lonicéra quand elle se tourna vers lui. Il comprenait tellement les personnes qui l'entouraient !

Les murs continuaient de se resserrer, les enfermant maintenant dans un couloir qui menacerait bientôt de les écraser s'ils ne se hâtaient pas. Ils débouchèrent enfin sur un escalier qui descendait au cœur de la pyramide. N'ayant plus d'autre choix, ils l'empruntèrent et les murs se rejoignirent enfin derrière eux. Ils étaient emmurés dans la pyramide, et pourtant, ils n'auraient pu dire pourquoi ni comment, mais ils étaient certains de trouver une autre issue. Contemplant la pierre qui venait de se refermer au-dessus de l'escalier, ils sentirent le sol frémir, puis bouger imperceptiblement jusqu'à ce que cela devienne aussi puissant qu'un tremblement de terre. Sous leurs yeux, l'escalier était en train de se mouvoir, les marches de s'aplatir jusqu'à se transformer en un plan incliné. Dans de curieux grincements, la pierre trembla encore une fois et s'immobilisa sous cette forme. Soudain, d'étranges inscriptions venues du fond des âges se mirent à scintiller sur la surface nouvellement modelée. Ami s'en approcha et, tournant son regard confiant vers ses compagnons, fit mine de hausser les épaules, comportement pour le moins comique pour un chat. Il vint poser sa patte sur le premier signe puis tourna une fois dans un sens et une fois dans l'autre sur la marque. Il réitéra l'opération sur les deux autres inscriptions dont la lumière s'atté-nua un peu plus à chaque passage. Enfin, l'ancien escalier s'affais-sa totalement, découvrant une porte de petite taille sertie de pierres précieuses. Un enfant aurait pu y passer aisément, mais cela risquerait de s'avérer un peu plus compliqué pour les hommes de l'expédition ! À la seule pensée de Briag, Kieran et Goulven ram-pant pour les suivre, Lonicéra ne put s'empêcher de sourire. Ayant intercepté sa pensée, Briag s'avança vers la porte pour lui signifier que cela ne l'arrêterait pas, tira le verrou et ouvrit la pièce. Un appel d'air soudain souffla toutes les torches à la fois, faisant voler en tous sens les étoffes et cheveux de la petite compagnie. Depuis combien de temps ce sanctuaire était-il resté inviolé ? Ils n'en avaient aucune idée, mais cela devait faire une éternité. Les yeux nyctalopes d'Ami brillaient dans la pénombre imposée, lui donnant des airs de prédateur redoutable. Roulant leurs mains l'une sur l'autre, Lonicéra, Hédéra, Briag et Kieran firent apparaître chacun une boule d'énergie qu'ils regroupèrent en une plus grosse. Ils l'envoyèrent se ficher sur la voûte de la salle qui était maintenant baignée d'une douce lumière tamisée. Le plafond était beaucoup plus haut que ne le laissait penser la petite porte d'entrée. Un escalier leur permit d'y pénétrer et les hommes purent se redresser sans problème. Briag se tourna vers Lonicéra en lui signifiant d'un clin d'œil « Tu vois, tu n'auras pas la joie de me voir ramper cette fois-ci ! » et s'éloigna vers le centre de la pièce. Lonicéra étouffa un rire amusé et le suivit, tout sérieux retrouvé, afin d'observer le lieu où ils se trouvaient. Tout ici était austère. L'enceinte circulaire était dénuée de décoration. Seul un piédestal en pierre avait été érigé en plein milieu, sous la boule d'énergie qui leur servait de plafonnier. Aussi basique que le reste de l'endroit, il soutenait pourtant une boite d'une beauté exceptionnelle. Délicatement sculptée et sertie de pierres précieuses, sa facture rappelait les coffrets qu'ils avaient pu voir dans le palais de Thelxépéia. À sa vue, Lonicéra sut que c'était elle, cette boite, qui l'appelait depuis le début. Elle était attirée par elle et voulait la toucher. Cependant, elle sentait au plus profond de son être que ce n'était pas encore le moment. Comment un objet d'une pareille beauté avait-il pu être oublié dans ce sanctuaire ? Pourquoi leur avait-il été révélé ?

— Toutes les questions que tu te poses trouveront bientôt une réponse, Reine des Fées, gronda une voix masculine de l'autre côté de la pièce. Mais ce n'est pas pour aujourd'hui. Il te faudra être patiente.

Absorbée comme elle l'était par ses interrogations, Lonicéra ne l'avait pas entendu arriver. Il était entré par une porte dissimulée dans le mur opposé à celle par laquelle ils étaient venus. De taille moyenne, il avait un ventre rebondi que sa tenue de grand prêtre faisait ressortir. Sa tunique bleu cobalt lui tombait au-dessus des genoux et était ceinturée d'une étoffe blanche brodée de fils d'or à l'effigie du Soleil. Ses mollets nus accueillaient les lanières de ses sandales de cuir croisées à partir du haut de la cheville. Une coiffe confectionnée à base de plumes d'oiseaux colorés encadrait son visage joufflu noyé dans une barbe brune en broussaille d'où dépassaient quelques poils roux et blancs. Ses yeux d'apparence sévère se cachaient derrière de grosses lunettes, inopinées en un tel lieu. Lonicéra ne put s'empêcher de se questionner sur la provenance de cet accessoire, mais décida vite d'y renoncer. Elle perçut cependant le rire intérieur de Briag suivant ses pensées – il était toujours amusé par la curiosité d'esprit de son âme sœur, bien différente de celle des autres fées –, mais choisit de l'ignorer.

— Je suis le grand prêtre du village, se présenta l'homme. On me nomme Gabriel.

Lonicéra se serait attendue à tout, mais pas à Gabriel, prénom tellement chrétien dans un contexte si exotique ! Devant le regard ébahi de la reine des fées, l'homme poursuivit, ses yeux maintenant souriants :

— Je sais, je sais… Cela peut paraître étrange compte tenu du lieu et de ma tenue, mais c'est ainsi !

Ami semblait rire en regardant le prêtre, ce qui n'échappa pas à Lonicéra. Ce chat était vraiment une énigme ! Avait-il des notions de catéchisme ? Bizarre…

— La boite qui se trouve devant vous vient de l'époque ancestrale où les amazones vivaient encore en terre grecque. Elle leur a été transmise par une aïeule, l'une des premières de ce peuple.

— Quelle est son utilité ? interrogea Hédéra qui sentit soudain tout le poids du regard de son amie sur elle.

À n'en pas douter, Lonicéra pensait connaître la réponse, mais se refusait à l'entendre.

— Son utilité ? répéta Gabriel. Je ne peux vous le confier. Sachez seulement que si ce coffre vous est apparu, c'est pour une simple raison : vous en aurez bientôt l'usage…

— Et si nous refusons de nous en servir ? questionna Lonicéra en un souffle. Que se passera-t-il ?

— Vous aurez fait tout ce voyage pour rien, tout simplement. Et un destin tragique s'abattra sur ce peuple et beaucoup d'autres sur son passage… peut-être même le tien, Reine des Fées.

Tout le monde s'était tourné vers Lonicéra alors qu'elle posait cette question incongrue. Le regard rivé sur l'objet, elle paraissait comme hypnotisée par lui, et effrayée de l'être. Soudain, elle releva son visage résolu vers le prêtre et fit un pas en avant pour s'approcher de la boite. Brusquement, un courant d'air balaya l'assemblée et le petit coffre disparut de leur vue dans un tourbillon de poussière, laissant le piédestal solitaire.

— Que s'est-il passé ?

— Je te l'avais dit, Lonicéra. Les réponses viendront plus tard.

— Pourquoi nous a-t-on permis de découvrir cet objet si c'était pour nous le reprendre aussitôt ?

— Je te le redis, vous ne l'avez vu que pour une raison : pour que vous sachiez qu'il est ici. Quand l'heure sera venue de vous en servir, vous saurez où le retrouver.

Après une pause, Gabriel reprit avec calme.

— Je vous invite maintenant à prendre congé. Les réponses viendront d'elles-mêmes. Soyez patients. À bientôt.

Et aussi discrètement qu'il était arrivé, le grand prêtre disparut dans un bruissement de plumes.

Interdite, Lonicéra tourna les talons et s'engouffra dans le couloir. Quelque chose lui trottait dans la tête, Briag le savait. Cependant, il voulait attendre qu'ils soient seuls pour lui en parler. Quoi que ce fut, il sentait que le moment présent serait mal choisi.

Ses compagnons derrière elle, elle déambula dans la pyramide, cherchant une sortie. Et juste au moment où elle aperçut la lumière extérieure, un grincement provenant du mur sur sa gauche attira son attention. Par pur réflexe, elle tourna la tête et vit une porte s'ouvrir sur une salle identique à celle qu'elle venait de quitter. En son centre, un crâne en cristal de roche, symbole de connaissance, semblait la fixer. De la taille d'un crâne humain adulte, sa pureté était sans pareille. Les flammes des torches accrochées aux murs dansaient dans la limpidité du cristal, lui donnant un aspect vivant. Lorsqu'elle s'approcha, Lonicéra sentit la présence d'Hédéra à son côté. Celle-ci lui prit la main et, toutes deux attirées irrésistiblement par la pierre, elles avancèrent au milieu de la pièce. Sans se concerter, elles posèrent chacune leur main libre sur un côté du crâne. L'énergie de ce dernier s'insinua sous leur peau, prenant possession de chaque part de leurs êtres, jusqu'à leurs cerveaux. Sous leurs paupières closes, des milliers de couleurs se mirent à danser au rythme des flammes, et les flashs jaillirent dans leurs pensées. Elles virent des sacrifices humains par centaines sur l'autel de la pyramide, perpétrés par le grand prêtre et Thelxépéia. Des hommes vivants enchaînés à la pierre se faisaient arracher le cœur encore palpitant pour assouvir la soif de Kerta, la Déesse du Chaos, dont le visage transparaissait sous les traits de la reine des amazones. Des navires s'échouaient les uns après les autres, jonchant la plage d'une multitude de corps et de débris dont personne ne se souciait plus. Le cristal maître désormais flamboyant projetait sa lumière menaçante sur le monde englouti, le baignant d'une lumière rouge sang. La haine et la fureur défiguraient les visages des amazones comme ceux des hommes qui se battaient à mort pour les faveurs de ces femmes fatales… Et enfin, Cherry Island… Le chaos sur Cherry Island…

Rouvrant les yeux, des larmes ruisselant sur leurs pommettes, les deux fées se scrutèrent un long moment sans rien dire, lorsqu'une voix irréelle, inhumaine, aussi ancienne que l'univers, leur parvint par la pensée.

« *Voici*, leur dit-elle, *ce qu'il adviendra du monde si vous n'arrêtez pas Kerta. Voilà comment se répandra l'abomination qui ne laissera nul espoir de survie.* »

Puis la voix se dissipa et les flammes parurent moins vives dans le cristal dont les orbites continuaient de les fixer.

Chapitre 12
Margygr

Depuis qu'ils étaient rentrés au palais le matin même de leur rencontre avec le grand prêtre de Nahua-Zami, Lonicéra ne cessait de tourner en rond, perdue dans ses réflexions. Le cristal maître s'atténuerait bientôt pour annoncer une nouvelle nuit, et Lonicéra ne savait toujours pas quelle attitude adopter.

À son arrivée dans ce monde, elle avait perdu toute notion de temps. Elle se sentait insouciante, déconnectée des raisons de sa présence ici. Elle n'avait eu qu'une idée en tête : se retrouver enfin seule avec Briag, et se perdre avec lui dans la volupté. Même lorsque Télés les avait interpelés sur la nécessité absolue d'agir, la fée avait fait passer son devoir avant tout, mais aurait préféré s'en dispenser. Où était donc passé son sens de l'honneur et du dévouement ? Maintenant qu'elle avait vu en face l'urgence de la situation, elle se faisait l'impression d'être égoïste, bien loin de l'image qu'elle avait désormais d'elle-même ! Sa rencontre avec le crâne était heureuse. Désagréable, mais heureuse ; elle l'avait réveillée, et désormais, elle ne se laisserait plus détourner de son objectif par quelques fumerolles que ce soit ! Malgré son amour inconditionnel pour Briag, elle saurait réfréner les pulsions majorées par le gaz. Elle avait toute la vie devant elle pour l'aimer, après tout !

Plusieurs fois, elle avait tenté d'entrer en contact avec Gweltaz et Lilia restés parmi le peuple sylvestre sur l'île de Cherry Island, mais en vain. Hédéra et Ketty s'étaient employées à maintes reprises à user de leurs dons de prémonition afin de s'assurer que tout allait bien pour eux. Mais là encore, leurs efforts n'avaient pas abouti. Quelque chose faisait barrage à leurs pensées qui se trouvaient comme emprisonnées à des lieues sous la mer des Sargasses. Tout le monde avait uni ses forces. Disposés en cercle dans la pièce principale de l'appartement, ils se tenaient par les mains afin de sonder le palais à la recherche de quoi que ce soit qui puisse les aider. Là encore, rien n'y avait fait.

Pour la première fois depuis très longtemps, la reine des fées doutait. Quel comportement adopter face à cette situation inextricable ? L'euphorie avait cédé la place au désespoir. Oui. Elle se sentait désespérée. Profondément impuissante et désespérée de l'être. Heureusement, ses compagnons étaient là. Ne supportant plus de voir son aimée torturée de la sorte, Briag s'était doucement approché d'elle et l'avait prise dans ses bras où elle s'était réfugiée comme s'il s'était agi d'une planche de salut. Dès le premier contact de leurs peaux, Lonicéra s'était sentie plus confiante, vivante et vibrante d'une nouvelle énergie. Grâce à lui, elle s'apaisait. Soudain, quelque chose attira son attention. Quelque chose d'indéfinissable, comme un courant magnétique dans l'air, une électricité statique qui lui fit dresser tous les poils sur sa peau. Tout le monde dans la pièce parut le percevoir en même temps. Ami, qui était pelotonné sur les genoux de Ketty, feula et émit un miaulement rauque en se levant d'un bond. L'air mauvais, les oreilles en arrière et la queue battant dans le vide nerveusement, il se dirigea en rampant vers la porte de la suite. Interpelés par ce comportement si peu habituel, tous les regards convergèrent vers lui. Il se retourna enfin et se mit à les jauger comme s'il ne comprenait pas pourquoi ils ne le suivaient pas. Ce fut Ketty qui brisa le silence.

— Il faut suivre Ami, dit-elle d'une voix pâle.

— Que se passe-t-il, Ketty ?

— Je l'ignore, Lonicéra. Mais il faut le suivre… Il ne le sait pas non plus, mais nous devons y aller. Quelque chose de grave va bientôt se produire.

— Comment le sais-tu ? interrogea à son tour Centaurea.

— Il me l'a dit… Il me parle souvent, et ses paroles sont toujours avisées.

Sur les babines d'Ami, un sourire parut se dessiner, et fièrement, l'animal sortit de la pièce, suivi de près par Ketty et ses compagnons. Ils avaient toute confiance en lui, qui leur avait déjà maintes fois prouvé sa bienveillance.

**

Ami les entraîna dans un dédale de couloirs, les faisant serpenter autour de la colonne de calcaire qui servait de support au palais. L'endroit était désert comme l'avant-veille, lorsqu'ils étaient entrés ici pour la première fois. Enfin, arrivés dans un cul-de-sac, ils découvrirent une porte immense, imposante, enchâssée dans le calcaire du pilier, toute de sculptures en arabesques et de dorures. Une énergie étrange, mystérieuse, magnétique, s'en échappait. Ami se tourna vers Ketty en inclinant la tête sur son épaule, ses pupilles fendues plongées dans celles de la sorcière. La jeune femme hocha la tête en un acquiescement silencieux et s'approcha de la porte. La main sur la poignée, elle fit tourner le verrou dans un cliquetis qui rompit le silence ambiant. Tout le monde retint son souffle. Lorsque la porte pivota sur ses gonds, un courant d'énergie rouge-orangé s'en échappa, irradiant le couloir de sa lumière vive. Ami, avec un sourire bienveillant à l'attention de ses compagnons, s'y engouffra, aussitôt suivi de Ketty.

Plus ils progressaient dans l'escalier en colimaçon, plus ils ressentaient ce même courant électrique qu'ils avaient perçu dans les appartements mis à leur disposition. Les marches elles-mêmes se paraient de teintes diverses, nacrant la pierre aux couleurs du prisme. L'énergie rayonnait partout autour d'eux, transformant la structure de l'air qui devenait palpable, épais, leur arrivant par vagues. Alors qu'ils descendaient plus profondément dans les entrailles de la Terre, le chat signifia d'un regard à Ketty qu'il était temps pour elle de tester le sort de protection qu'elle avait mis au point pour les hommes du petit groupe. Imperceptiblement, leur comportement était en train de se modifier. Leurs regards devenaient brûlants, ils hâtaient le pas, mus par quelque force hypnotique. Dès que la sorcière leur lança le charme, ils redevinrent eux-mêmes, inconscients du changement qui s'était subrepticement insinué en eux et qui venait d'en être chassé par magie.

Ils entendirent les chants des sirènes avant de déboucher dans le souterrain de Gynaïka. Prudemment, ils avancèrent derrière les rocs disposés de part et d'autre de la porte. De là, ils auraient la possibilité d'observer la situation sans se faire repérer. Devant eux, un immense lac souterrain prenait sa source dans la cascade qui arrosait la cité. Jusqu'à présent, ils n'avaient vu que la partie émergée, celle qui alimentait les canaux. Ils pouvaient maintenant constater que son débit était bien suffisant pour alimenter une autre ville sous la ville ! Dans l'eau, comme sur la plage qui entourait le lac, ces femmes mystérieuses, sous leur forme de sirènes ou d'amazones, riaient, chantaient, mais surtout rendaient fous d'amour des centaines d'hommes alanguis entre leurs bras. Leurs visages reflétaient un bien-être ultime et englobaient leurs regards vides. Ils étaient esclaves de ces dames. Amoureusement, inlassablement, ils peignaient des chevelures magnifiques de leurs amantes, glissaient entre leurs lèvres des fruits aux couleurs alléchantes, quand d'autres subissaient les assauts des amazones qui, dans leur fièvre sexuelle, leur volait à chaque fois un peu plus de leur énergie vitale. Parfois, un soldat paraissait et hissait sur son dos le corps sans vie d'un géniteur potentiel qui n'avait pu survivre. Il le transportait rapidement hors du lieu et un autre homme prenait la place du défunt dans les bras de sa tortionnaire, heureux dans son état hypnotique du destin funeste qui s'annonçait à lui.

— C'est horrible ! s'étrangla Centaurea dans un sanglot. Comment est-il possible que tous ces hommes aient l'esprit aussi embrumé ! Ils ne se rendent même pas compte qu'elles vont les exterminer !

— Calme-toi, ma chérie. Nous allons trouver une solution.

— Comme ils sont nombreux ! s'exclama à son tour Hédéra. Comment allons-nous pouvoir tous les aider ?

— Je l'ignore, chuchota Lonicéra. Ces hommes n'ont plus de volonté propre ! Ils n'ont d'autre choix que subir et accueillir leur mort avec le sourire…

Soudain, un homme n'ayant d'yeux que pour une sirène qui lui préféra un autre, se redressa brusquement pour attaquer celui-ci. Sauvagement, il le frappa en plein visage, le faisant rouler au sol, et se jeta sur lui. Aussitôt, la sirène se mit à chanter et l'attira à elle, laissant le déchu au sol, entraînant le vainqueur béat vers sa fin inéluctable. Le rire cristallin de ses comparses se mit à résonner sous la voûte du souterrain et le soupir des hommes éperdus fit vibrer l'air.

— On dirait qu'elles ont besoin de leur amour pour vivre, s'étonna Centaurea, choquée par les scènes qui se déroulaient devant ses yeux purs. C'est comme si leurs vies en dépendaient.

— Tout le monde a besoin d'amour, ma chérie, mais là, c'est au sens littéral du terme. Elles se nourrissent d'eux et de leur désir jusqu'à ce qu'ils en meurent. L'amour ne devrait pas être ainsi.

— Peut-on partir ? s'enquit soudain Goulven. Je ne suis pas à mon aise ici.

Joignant l'acte à la parole, Goulven pivota sur ses talons pour retourner à l'escalier, mais ses perturbé par ce qu'il venait de voir, il trébucha contre le bloc de roche, faisant rouler au sol un amas de pierres. Alertées par le fracas provoqué, les femmes cessèrent leurs chants et se redressèrent. Celles qui avaient pris leur forme de sirènes se métamorphosèrent aussitôt, prêtes à combattre les importuns. Lorsqu'elles les repérèrent enfin, des cris stridents s'élevèrent de leurs bouches déformées par la haine. Effrayés par ce soudain changement de registre, les hommes s'enfuirent, laissant les amazones seules, prêtes à en découdre. Au milieu de son armée, Thelxépéia s'avançait à grands pas vers les intrus, vêtue d'un unique pendentif qui se balançait entre ses seins au rythme de sa marche effrénée.

— Lonicéra ! s'écria Hédéra. Le talisman !

Au cou de la reine des amazones, le talisman qui avait appartenu à Rana, l'ancienne reine des fées et tante de Lonicéra, et qui était dédié à la Déesse du Chaos Kerta, venait de s'illuminer. De l'obsidienne au noir profond se dégageaient des volutes de fumée épaisse qui atteignirent bientôt le nez de la reine. L'enveloppant totalement, elle s'insinuait par tous ses orifices et le visage de Thelxépéia se métamorphosa sous les yeux horrifiés de la compagnie. Que n'avaient-ils détruit le bijou envoûté lorsqu'il était encore temps ! Par leur faute, le malheur s'était abattu sur un monde supplémentaire. Progressivement, les traits de Kerta se substituaient à ceux de Thélxépéia. Une aura sombre l'entoura en même temps que son visage et son corps continuaient leur transformation. Ses yeux s'agrandirent, rouges, menaçants, englobant la quasi-totalité de son visage. Son front s'agrandit en pointe vers le haut, accentuant la menace de ses cheveux devenus murènes répugnantes. Ses joues ridées tombant sur une bouche aux mille dents, ne faisaient qu'accentuer la laideur de ses traits. Son corps tripla de volume et éclata la voûte de la grotte devenue trop étroite pour la contenir. Celle-ci s'écroula sur elle avec les ruines de ce qui avait autrefois été les maisons des habitantes de Gynaïka. Comme s'il s'était agi d'une mauvaise pluie, elle se redressa pour découvrir son immonde anatomie aux yeux de tous. Pourvue de seins énormes, rejoints par une double queue de poisson, son corps entier était recouvert d'écailles verdâtres. Le monstre se débarrassa des gravats qu'elle projeta autour d'elle sans se soucier de la cible à atteindre, touchant parfois mortellement celles qui avaient été ses guerrières.

— Margygr ! La géante des mers ! s'écria une amazone qui se prosterna devant l'infâme créature.

En hurlant de rire, elle l'écrasa d'un simple coup de son imposante queue.

— Merci de m'avoir permis de me dévoiler, Lonicéra ! Après tout ce temps, nous nous retrouvons enfin ! hurla Kerta par la bouche du monstre. Ces hommes n'étaient que des mises-en-bouche, fort agréables d'ailleurs. Mais maintenant, affrontez la colère et la vengeance de la Déesse des Ténèbres et du Chaos !

Levant les bras vers le ciel, dans un grondement assourdissant, elle fit jaillir autour d'elle des piliers d'eau qu'elle maintenait dans les airs par la seule force de la pensée. Puis, projetant ses bras vers l'avant, elle abattit les flots sur les représentants du peuple sylvestre, médusés. Dans un réflexe, Lonicéra, Hédéra, Briag et Kieran, s'unirent pour activer leur bouclier protecteur, englobant dans la bulle nacrée le plus de monde possible. Ami feula lorsque l'eau s'écrasa sur le mur invisible au-dessus de leurs têtes. Alors que Margygr s'apprêtait à renouveler son attaque, les youyous des cavalières se firent entendre et, dévalant les gravats sur leurs montures haletantes, les amazones commencèrent à attaquer la créature. Malheureusement, les flèches n'étaient pas assez solides pour rivaliser avec la dureté des écailles du monstre. Lorsque les projectiles tirés avec force par les guerrières l'atteignaient, ils se brisaient aussitôt sur l'imposante carcasse. Cependant, cette attaque eut comme bénéfice de détourner son attention, et lorsqu'elle pivota à nouveau vers Lonicéra, elle poussa un rugissement de haine autant que de stupeur. L'œil de la Déesse de la Terre illuminant son front, Lonicéra était en passe de devenir aussi grande que son adversaire, armée d'une épée prise à une amazone tombée pour son peuple. La reine des fées rayonnait d'énergie pure. Ses trois compagnons, élus comme elle de Tellus, lui communiquaient leur énergie par leur force mentale, assis en tailleur à quelques pas de là. Elle serait bientôt à forces égales avec la sirène.

La bête, malgré son immonde apparence, n'en était pas moins possédée par la Déesse du Chaos. Elle connaissait Lonicéra et savait que pour l'affaiblir, il lui fallait couper le lien qui l'unissait aux elfes et à la fée dont les fronts étaient aussi illuminés par la marque de Tellus. Elle fit jaillir un tourbillon qu'elle voulut projeter sur eux, mais réagissant au quart de tour, Centaurea, qui avait pris refuge derrière les rochers avec Ketty et Goulven sur l'ordre de sa mère, se téléporta avec la jeune sorcière auprès de ses compagnons. Toutes deux, les traits tirés par la concentration et l'effort, stoppèrent le cours de l'eau prête à s'abattre sur eux ; le liquide se figea devant le corps frêle de la fée qui, les paumes braquées en direction des flots, les maintenaient dans les airs. Ketty, à côté d'elle, psalmodiait une formule magique destinée à donner plus de force à son amie. Quand Margygr réalisa que son attaque n'avait aucun effet, elle hurla de rage et se jeta sur Centaurea, oubliant que Lonicéra était toujours présente à côté d'elle. La fée avait maintenant fini sa métamorphose et se téléporta entre sa fille et le monstre, stoppant de son bouclier énergétique l'assaut de sa rivale qui rebondit dessus et alla s'étendre à quelques mètres de là. La force de la Déesse de la Terre l'inondant, Lonicéra s'élança vers la sirène, brandissant son épée. Elle avait appris chez les pictes à décupler la force de l'arme en concentrant son énergie dans la lame. Et elle comptait bien s'en servir aujourd'hui !

Margygr esquiva par deux fois les assauts de Lonicéra, lui donnant de grands coups de sa queue qui lui servait de bouclier. Mais la troisième fois fut la bonne. La fée concentra toute l'énergie qu'elle fut capable de rassembler et la canalisa dans sa lame. Un faisceau bleuté jaillit de l'épée et sectionna le monstre en deux, de l'épaule droite jusqu'à la hanche opposée. Un cri strident éclata dans la bouche de Margygr alors que le talisman de Kerta explosait, délivrant Thelxépéia de l'emprise de la Déesse du Chaos. Le monstre des mers rapetissa pour retrouver l'apparence de la reine des amazones, mutilée par la lame de Lonicéra. À son cou, le talisman déversait une fumée noire qui s'éleva dans les airs tel un essaim bourdonnant. Il s'éleva encore plus haut et, virevoltant sous la voûte du monde englouti, partit se loger dans le cristal maître. Aussitôt, la luminosité s'obscurcit, l'aurore boréale devint noire et rouge sang.

— Je te remercie, Lonicéra, d'avoir libéré le mal absolu ! s'écria Kerta en apparaissant, vaporeuse, au-dessus de Thelxépéia. Mon magnifique monstre est maintenant libre ! Des sorcières comme ton amie – elle pointa Ketty de son doigt accusateur – l'avaient emprisonné dans le talisman, mais désormais, il va détruire ce monde et tous ceux qui se trouveront à sa portée ! Il va se régénérer dans le cristal – un sourire sadique fendit son visage – et lorsqu'il sera prêt, attendez-vous à sa colère décuplée par des millénaires d'emprisonnement !

Dans un tourbillon, Kerta disparut en laissant flotter derrière elle son rire hystérique.

D'une même force, les amazones se recroquevillèrent sur elles-mêmes, prises de spasmes, criant de leurs voix désormais pleines de dysharmonie. Leurs cheveux jusqu'alors si beaux tombèrent en touffes filasse, leur peau devint terne et affaissée. Leur beauté naturelle n'était plus. Elles n'étaient plus qu'amas de chair et d'os en souffrance. Les hommes, sortant de leurs cachettes, avaient le teint livide. Soudain, ils commencèrent à s'agiter, à fendre l'air de leurs membres devenus incontrôlables. Impuissante, Centaurea voyait au loin Goulven qui se trouvait parmi eux, se tordre en tous sens, hurlant à la lune tel un loup. Sa peau devint sombre. Effaçant le blanc de ses yeux, ses pupilles se teintèrent de rouge. Sa bouche se tordit alors qu'elle s'allongeait en un museau pourvu de crocs dépassant de ses babines telles les défenses d'un phacochère. Des cornes au nombre de neuf auréolèrent son crâne hérissé de plumes noires et coupantes. Ses ongles s'étirèrent en griffes alors que tout son corps doublait de volume et que des ailes de chauve-souris apparaissaient dans son dos. Enfin, dressé sur ses pattes aux muscles gonflés, il haleta pour reprendre sa respiration. Le regard menaçant, entouré par ses congénères, il était le plus puissant. En effet, sa condition de picte qui faisait de lui un humain plus fort que les autres avait doublé l'effet du maléfice. Roulant des épaules, ses omoplates saillantes prévenaient qu'il s'apprêtait à attaquer. Et alors que l'armée de démons se mettait en marche, le temps se suspendit à nouveau. Centaurea faisait face avec courage, son aura bleutée l'entourant de sa lumière. Lonicéra, toujours géante, souffla une pluie de cristaux sur les hommes métamorphosés et les entoura d'une prison de glace. En prenant soin de séparer Goulven des autres, elle s'approcha de sa fille pour lui signifier qu'elle pouvait relâcher son sortilège. Les démons, toute capacité de mouvement retrouvée, hurlèrent, se jetèrent contre les murs inviolables conçus par Tellus sous la forme de Lonicéra.

La main de Centaurea caressa la paroi lisse de la cage de Goulven, alors que son ami de toujours cherchait à l'attraper pour la dévorer. Elle avait insisté pour qu'il vienne, en promettant de veiller sur lui, mais elle n'avait pas su tenir sa promesse. Une larme roula sur sa joue alors que son regard déterminé promettait à l'homme qu'elle aimait de le sortir de cette mauvaise passe.

Chapitre 13
Une âme amie

Depuis un long moment déjà, Hédéra, Kieran et Briag s'affairaient auprès de Thelxépéia, usant de leur savoir ancestral afin de la soigner. Lonicéra, Centaurea et Ketty attendaient patiemment dans le boudoir annexe aux appartements royaux, perdues dans leurs pensées. Centaurea s'était blottie contre sa mère et prenait du repos après l'effort important qu'elle venait de déployer. Ketty, assise à côté d'elle, lui caressait les cheveux en fredonnant un ancien air celte.

Quand la porte s'ouvrir sur Thelxiopé, le sentiment de culpabilité que Lonicéra éprouvait depuis la bataille s'accentua. Briag, Hédéra et Kieran apparurent derrière l'amazone, le visage fermé.

— La reine Thelxépéia n'est plus, annonça Thelxiopé avec aplomb. Moi, sa fille, commanderai désormais le peuple du monde de Pandora.

Pandora. Ce seul nom suffisait à confirmer les soupçons de Lonicéra.

La reine est morte. C'est la deuxième fois que je retire la vie à cause de Kerta. Je dois la détruire…

— Ma mère, avant de mourir, m'a fait part de sa clémence envers toi, Lonicéra. Elle m'a affirmé que si elle avait été dans ta situation, elle aurait agi de même. Nos deux peuples resteront donc en paix, sois sans crainte. Afin de ne pas déstabiliser mon peuple plus qu'il ne l'est déjà, nous tairons le trépas de Thelxépéia pour le moment. Donnons-nous un peu de temps afin d'y voir plus clair.

— Je suis sincèrement désolée, Thelxiopé, se repentit Lonicéra. Mon intention n'était nullement de nuire à votre reine, bien au contraire. J'aurai dû être plus attentive…

— Nul besoin de revenir sur cet épisode, trancha la nouvelle souveraine. Ce qui est fait ne peut être défait. L'important maintenant est de trouver quel mal s'abat sur mon monde.

Lonicéra était stupéfaite du peu de cas que semblait faire Thelxiopé de la mort de sa propre mère. Mais au fond d'elle, elle sentait que la jeune amazone était anéantie par une telle perte, mais ne pouvait se permettre de laisser ses sentiments la guider. Femme, mais guerrière ; une posture bien difficile.

Aussi, la fée poursuivit.

— J'ignore tout du mal qui a pris possession du cristal maître. Mais d'après ce que j'ai pu comprendre, il s'agirait d'un démon millénaire d'une puissance hors pair. Comment comprendre qui il est ?

Profitant du moment de réflexion dans lequel tout le monde s'était plongé, Ketty s'avança au milieu d'eux.

— Peut-être pourrions-nous faire appel à une âme amie pour nous renseigner ?

— Pourrais-tu faire cela, Ketty ? questionna Hédéra, toujours disposée à devenir l'élève de son élève.

— Oui, je pense pouvoir y arriver.

La jeune sorcière s'assit sur ses talons, paumes ouvertes vers le ciel. Fermant les yeux, elle commença à murmurer une incantation en langue celte. Puis, redressant la tête en même temps qu'elle rouvrait ses yeux emplis de magie, elle prononça ces mots :

« Toi qui as la connaissance du Bien et du Mal,

Toi qui es notre allié en tout,

Toi qui as l'âme pure et la volonté de nous aider dans notre quête,

Viens à nous et soutiens-nous. »

Un courant d'air parcourut la pièce et Ami vint s'asseoir devant Ketty, la fixant de ses yeux perçants. Soudain, ses pupilles fendues s'étrécirent, du blanc apparut autour d'iris devenus noirs. L'animal tripla de volume. La panthère se préparait à revenir. C'est ce que tout le monde pensa. Mais contre toute attente, le corps continuait sa métamorphose, découvrant une peau blanche et des membres humains. La tête penchée vers l'avant, l'homme qui se tenait à présent recroquevillé devant la sorcière haletait du fait de sa transformation. Il passa une main dans ses cheveux en bataille et releva la tête pour planter son regard dans celui de Ketty.

— Azaël ! souffla-t-elle comme si elle avait toujours su que c'était lui.

— Azaël ? s'exclamèrent Lonicéra et ses trois compagnons d'aventures.

— Qui est-il ? s'enquit Centaurea.

— Azaël est celui qui nous a aidés à vaincre Rana, il y a de cela dix ans.

Ce disant, Ketty se leva pour attraper une couverture en soie posée sur un sofa à côté d'eux. Elle la déposa sur les épaules du vampire afin de cacher sa nudité.

— Il est l'âme amie qui veille sur nous depuis le début, poursuivit-elle à l'attention de Lonicéra, sentant la réticence de cette dernière.

— En effet, ajouta Hédéra, grâce à lui, nous avons eu un soutien de taille et convaincu Rana qu'elle serait la plus forte.

— Si j'avais su, intervint Azaël ayant retrouvé ses pleins esprits, je me serais allié à elle plutôt qu'à toi ! Depuis ce jour – il se redressa de toute sa hauteur, attachant la couverture autour de sa taille, irradiant de sa beauté ténébreuse –, je suis devenu un paria aux yeux de mes congénères. Depuis mon alliance avec le peuple des fées, et le refus de faire un carnage, les autres vampires ne me reconnaissent plus comme l'un d'entre eux.

Son ton était sarcastique, sa voix enrouée par un temps trop long passé sous sa forme animale.

— Tu regrettes donc de nous avoir aidés il y a dix ans… murmura Ketty. Et pourtant, à ma demande, tu apparais comme une âme amie. Pourquoi nous as-tu guidés jusqu'ici, Azaël ?

Sa voix était douce, la voix d'une amie. Car c'est ainsi qu'elle se considérait. Elle avait toujours su qu'il était plus qu'un simple chat, et avait ressenti une connivence depuis le début. Ils se fixèrent un long moment dans une conversation silencieuse comme ils avaient pris l'habitude de le faire pendant tout ce temps passé ensemble, puis le vampire reprit :

— Bon, d'accord, tu as gagné pour cette fois – il haussa les épaules en signe de reddition – j'admets que je suis là pour vous aider, alors trêve de tergiversations… Vous avez affaire à l'Arhiman.

— La Source du Mal ?

— *Tu connais cette histoire, Ketty ?*

— *Je suis une sorcière, ne l'oublie pas. Pour connaître la magie blanche, il faut aussi connaître la magie noire…*

— Certes…

Devant le regard circonspect de ses amis qui n'avaient pas entendu leurs dernières paroles, Ketty poursuivit :

— L'Arhiman est la Source du Mal. C'est l'obscurité et les ténèbres.

— C'est un démon engendré par les Ténèbres, compléta Azaël, chef d'une multitude d'êtres démoniaques et haineux, les daêvas, ou archidémons. Leur but est de bouleverser l'ordre établi et de provoquer la destruction.

— Et tu veux nous faire croire que tu es là pour nous aider? siffla Kieran entre ses dents.

— Crois bien, l'elfe, que dix ans d'exil et de vie loin de la noirceur des miens ont pu me changer...

— ... ou attiser ta haine et ta rancœur !

— Qui a de la rancœur en cet instant, l'elfe ? Hédéra est toujours à tes côtés, et bien plus forte qu'auparavant ! Même si j'avoue avoir essayé de vous séparer, c'était il y a fort longtemps, et ça n'a pas marché... alors faisons la paix, veux-tu ?

Kieran se renfrogna mais, sous l'insistance du regard d'Hédéra, accepta la main que lui tendait Azaël en signe d'armistice. Ils se défièrent du regard un instant et un sourire carnassier se dessina sur le visage du vampire.

— Fort bien !

— J'ai entendu dire que l'Arhiman était toujours accompagné de ses daêvas ? questionna Ketty, recentrant l'attention sur leur problème principal.

— En effet Ketty, répondit Azaël en se radoucissant – quelle est cette emprise qu'elle exerce sur moi ? – et c'est ce qui explique la métamorphose de tous ces humains. L'Arhiman a besoin de sa horde de démons et de divinités malfaisantes. C'est pourquoi, où qu'il aille, il s'arrange pour modifier son environnement et créer ce dont il a besoin.

S'approchant de lui en minaudant, Thelxiopé vint poser sa main sur le torse nu d'Azaël. Il surprit le regard furieux que Ketty lança à la nouvelle reine des amazones et en resta perplexe. Si perplexe, qu'il n'eut pas la présence d'esprit de s'éloigner de l'amazone.

— Mais tous les hommes n'ont pas été transformés ! miaula-t-elle en faisant courir un doigt le long de ses muscles saillants.

— J'étais un chat, à ce moment-là. Et puis, je ne suis plus humain depuis de nombreuses années.

Il découvrit soudain ses crocs en feulant, son regard de prédateur retrouvé. Thelxiopé, apeurée, recula de quelques pas.

Malgré ma déchéance, j'arrive encore à impressionner quelqu'un... C'est déjà ça...

— Tu es un démon, toi aussi ? souffla-t-elle.

— Pas précisément... considère-moi comme une « âme amie » ! proposa-t-il en haussant les épaules.

Ketty pouffa intérieurement, à la satisfaction du vampire.

— Le seul moyen de contrer ce démon est de l'enfermer à nouveau.

— Comment devons-nous nous y prendre ? questionna Lonicéra.

— Ça, Lonicéra, c'est à toi de le découvrir !

Avec la nonchalance du chat qu'il avait été, le vampire s'éloigna vers la chambre de Goulven, espérant y trouver une tenue plus adaptée à sa morphologie originelle retrouvée.

***

Lonicéra avait besoin d'être seule. Elle devait réfléchir à tout cela... et se ressourcer. La compagnie des arbres lui manquait cruellement. Comme elle aurait aimé pouvoir rentrer sur Cherry Island ! D'autant plus qu'une sensation de mal-être s'insinuait en elle un peu plus à chaque instant ; elle semblait percevoir l'arrivée d'un grand malheur sur son peuple, mais ne pouvait définir de quoi il s'agissait. S'appuyant contre un hêtre, elle se laissa glisser jusqu'au sol, savourant le contact de l'étoffe de ses vêtements contre l'écorce rugueuse. Soudain, l'arbre se mit à frémir et un rire velouté s'éleva des ramures.

— Tu m'as fait des chatouilles ! roucoula une voix de femme.

Sous le coup de la surprise, Lonicéra bondit sur ses pieds avec un cri d'étonnement, érigeant spontanément son bouclier d'énergie mû de vaguelettes orange.

— Qui parle ?

— C'est moi ! tinta à nouveau la voix rieuse.

Dans l'écorce d'où elle provenait, un visage se dessina.

— Qu'es-tu ? s'enquit Lonicéra, aussi curieuse qu'émerveillée et toute peur oubliée.

— Une fée, comme toi ! En tout cas, je l'étais… Je suis une dryade, une nymphe des arbres et de la forêt.

— Comment se fait-il que tu sois enfermée dans cet arbre ?

— Je ne suis pas enfermée ! rit-elle. Je suis cet arbre ! Je fais partie des fées qui ont choisi de retourner à l'essence même de la vie.

— Je savais en m'asseyant contre toi que tu étais constituée d'une énergie autre, mais je n'arrivais pas à la définir. Comment se fait-il que je n'aie jamais été amenée à voir l'une d'entre vous ?

— Nous sommes ancrées si profondément dans la terre que nous n'apparaissons que très rarement sous notre ancienne forme. Et si tu peux me voir aujourd'hui, c'est parce que j'ai senti que tu avais besoin de réponses.

— En effet…

— Mais ne t'attends pas à ce qu'elles soient conformes à tes attentes. Les rares fois où nous nous adressons à quelqu'un, il ne sort de notre bouche que logique et rationalité. Es-tu prête à entendre la voix des dryades ?

— Je t'écoute.

— Pourquoi essayer d'arrêter Kerta ? De tous temps, les Hommes ont cru en des dieux destructeurs qui régulaient l'espèce humaine par des tremblements de terre, des éruptions volcaniques — souviens-toi de Pompéi — des raz de marée, et tant d'autres cataclysmes. La terre n'en est pas mauvaise pour autant ! Elle régule son équilibre ! Lorsque tu es malade, ton corps se défend contre le mal qui l'envahit ; l'univers en fait autant… Toi, Lonicéra, être de chair et de sang, corps mortel, pourquoi veux-tu prétendre arrêter un processus aussi naturel que celui-ci, bien plus ancien et profond que toi ? Malgré ta connexion à la Déesse de la Terre, comprendras-tu un jour tous les tenants et les aboutissants de ces énergies ? J'en doute…

— Tu me préconises donc de laisser faire et d'attendre que toute vie soit détruite ?

Lonicéra était d'accord avec tout ce que lui avait dit la nymphe, mais comment se résoudre à abandonner toute la beauté qu'elle connaissait sur cette terre au bénéfice du chaos ?

— Pas toute vie ! la corrigea la dryade. Seulement ta vie, celle de tes amis et des personnes qui vivent dans ce temps ; c'est totalement différent ! La vie se reconstruit. Vous n'êtes rien comparés à la puissance de la Terre !

— Mais la vie est belle, et j'ai appris qu'elle pouvait être harmonieuse. Je suis consciente que je ne pourrai pas arrêter tout le processus mis en route par Kerta, mais quelle mère serais-je si je ne tentais pas de sauver ma fille ? Quelle fée serais-je si je n'essayais pas d'aider les êtres dans la détresse ?

— Alors ça ! C'est typique d'une fée !

Azaël venait de faire irruption derrière Lonicéra. Surprise, elle se retourna pour le dévisager. Lorsqu'elle regarda à nouveau en direction de la dryade, celle-ci avait disparu. Il ne restait plus dans son écorce que le souvenir d'un sourire.

— Que veux-tu, Azaël ?

— Typique d'une fée... répéta-t-il pour lui, chassant d'une pichenette une petite branche qui pendait devant ses yeux. Tu veux toujours sauver tout le monde ! ajouta-t-il en ricanant.

— Pourquoi es-tu ici, Azaël, si ce n'est pour la même raison ? Ketty a bien dit, il me semble : « Toi qui es notre allié en tout, toi qui as l'âme pure et la volonté de nous aider dans notre quête ». Je savais que le chat qui nous accompagnait depuis le début et nous protégeait était particulier. Je me doutais que ce serait lui, cette âme pure, mais j'avoue avoir été très surprise lorsque tu es apparu.

— C'est ce qu'elle a demandé ? Une âme pure ?

Azaël était abasourdi. S'il s'était attendu à ça !

— Elle a dû se tromper dans l'incantation ! Es-tu certaine d'avoir entendu ces paroles ?

— Aussi certaine que je te vois en ce moment devant moi ! Tu ne te souviens donc pas de ses paroles ?

Lonicéra était aussi indécise que le vampire. Il ne savait donc pas ! Pourquoi doutait-il de lui alors qu'il les avait aidés tant de fois ? Il avait sauvé sa fille au péril de sa vie. D'accord, en tant qu'être immortel, il ne risquait pas grand-chose, mais tout de même ! Il était venu à son secours ! Plus tard, il les avait guidés à plusieurs reprises. Lonicéra n'avait rien ressenti de négatif en ce chat qui était devenu leur Ami.

— Je me souviens juste que j'étais en train de chasser et que j'ai eu une irrésistible envie de venir voir la sorcière. Mais je n'avais pas compris jusqu'alors la raison de ma métamorphose... Es-tu vraiment sûre qu'elle ait utilisé ces mots ?

— Regarde-moi dans les yeux, Azaël. Une fée ne ment pas, tu le sais…

— … ou bien par omission ! C'est bien ce qu'a fait Hédéra il y a dix ans !

— Il n'y a pas de place dans la bouche d'une fée pour des paroles fausses… Regarde-moi et crois-moi lorsque je te dis que ce sont les mots qu'elle a employés. Mais si tu veux en avoir la confirmation, tu peux aller la retrouver ! Elle est dans le bois à l'extérieur de l'enceinte de la ville.

— Je ne décèle pas de mensonge dans ton regard, mais je ne sais par quelle magie, tu te joues de moi. Je suis maudit, le mal en personne… pas une âme pure.

— À toi de voir !

Sur ce, Lonicéra contourna Azaël et repartit vers le palais, non sans avoir au préalable remercié mentalement la dryade pour son apparition.

***

Une âme pure… Lonicéra raconte n'importe quoi ! Comment serait-il possible que je sois apparu comme tel ? Je suis un être maudit… et banni… doublement maudit, donc… La voilà. Elle ne m'a pas entendu… Comme elle est belle et gracieuse ! Ce temps passé à côté d'elle était le plus merveilleux… Mais que t'imagines-tu ? Tu étais un chat ! Tout le monde sait bien que les sorcières ont un chat noir pour compagnon ! Elle te considérait comme un être à part entière, tenant compte de ton jugement, mais maintenant ? Comment va-t-elle réagir ? Elle ne te voudra plus à ses côtés ! Une sorcière et un vampire ! Ne rêve pas… Triplement maudit…

— Que fais-tu caché derrière cet arbre, Azaël ?

Ketty s'était adressée à lui sans se retourner. Elle ne pouvait l'avoir vu, et pourtant, elle savait qu'il était là. Elle continuait à ramasser les plantes qu'elle était venue chercher, imperturbable.

Quel contrôle ! Je suis toujours très impressionné par elle… Pourquoi donc ?

— Je ne me cache pas ! Je voulais te faire peur pour que tu te rendes compte qu'il n'est pas prudent pour une jeune femme de se promener seule la nuit !

Ketty se redressa enfin et se tourna vers le vampire.

— T'inquièterais-tu pour ma sécurité, Azaël ? Si c'est le cas, c'est inutile ! poursuivit-elle avant qu'il n'ait eu le temps de répondre, évitant à l'un ou à l'autre un embarras évident suivant la réponse formulée.

— Avec tous ces démons qui rôdent…

— Ils ne rôdent pas, ils sont enfermés. De plus, si l'Arhiman venait à se réveiller maintenant, que je sois ici ou ailleurs n'y changerait rien ! Mon sort serait identique. Enfin, il me semble que tu oublies que je ne suis pas une jeune femme comme les autres…

— Non, je ne l'oublie pas…

En parlant, Ketty s'était approchée de lui et se tenait maintenant à quelques pas.

— Je ne vois pas qui pourrait me faire du mal en ce lieu – son regard semblait le transpercer de douceur et de confiance – à part cette digitale, bien sûr ! ajouta-t-elle avec un sourire en lui montrant la fleur qu'elle tenait dans sa main.

— Je suis un vampire, donc un prédateur. Voilà ce qui pourrait te faire du mal !

Il dévoila ses crocs en une expression menaçante, mais Ketty ne cilla pas.

— Tu es un vampire, cela ne fait aucun doute.

Elle passa son index sur la bouche d'Azaël, et avant qu'il ne réagisse, le fit glisser sur une canine qui en dépassait encore, se piquant le bout du doigt.

— Mais un vampire qui a honte de l'être. Nierais-tu que tu as appris à dompter l'animal qui est en toi depuis ta rencontre avec Hédéra et Kieran ?

— Les sacrifices gratuits ne m'intéressent plus, mais cela ne signifie pas que je n'ai plus soif de sang !

Lui attrapant la main qu'elle venait de laisser retomber le long de son corps, il amena l'index écorché à sa bouche et lécha la perle de sang qui s'en écoulait.

— N'as-tu vraiment aucune peur de mes instincts de tueur?

— Aucune. Dans chaque sorcière se trouve une part d'ombre, et dans chaque vampire une part qui cherche la lumière de vie. C'est pour cela que vous vous nourrissez de sang, pour retrouver ce qui vous fait défaut : la chaleur de la vie.

Il l'observa un instant en silence. Il la connaissait suffisamment pour savoir qu'elle ne fuirait pas.

— Depuis que je t'ai vue il y a dix ans, j'ai eu envie de te mordre... Cela a été une obsession pendant tout ce temps. Aussi, lorsque je t'ai vue sur cette plage... l'occasion était trop bonne !

Sa main toujours dans celle d'Azaël, Ketty rejeta la tête en arrière, écartant ses cheveux pour dévoiler son cou d'où saillait sa jugulaire.

— Alors, vas-y ! Si c'est ce que tu veux, mords-moi, Azaël!

Passant sa main libre dans le dos de Ketty, il plaqua son corps contre le sien. Un courant électrique passa entre eux à ce contact, mais elle ne broncha pas, s'abandonnant à l'étreinte funèbre de son ami. Il approcha son visage de son cou afin de la sentir, emplir chaque parcelle de son être de son parfum fleuri. Il était impressionné par le calme apparent de la sorcière dont la respiration sereine ne trahissait aucune sorte d'inquiétude.

— Je t'envie de pouvoir encore faire ce genre de choix, murmura-t-il à son oreille en enfouissant son nez dans les longs cheveux de la jeune femme.

— Ce n'est pas moi qui choisis. C'est toi...

Azaël se détacha d'elle, perplexe. De toutes les réponses, il ne se serait jamais attendu à celle-ci. Les bras ballants, il l'observait, ne comprenant pas.

— Tu pourrais me mordre, mais tu ne serais alors que ce monstre que tu n'as pas choisi de devenir.

Toujours immobile, impressionné par la jeunesse, la fougue et les connaissances de Ketty, il eut alors l'impression que quoi qu'il dise, elle saurait discerner le faux du vrai. Elle le comprenait sans qu'il ait besoin de s'exprimer avec des mots. Il avait déjà pu constater cette connexion avec elle lorsqu'il était chat, mais cela ne le dérangeait alors pas. Personne ne savait qui il était. Aujourd'hui, dans son enveloppe charnelle, ce lien lui donnait un sentiment de vulnérabilité.

— Pourquoi sembles-tu croire en ma bonté ? Je suis un monstre...

— Pas à mes yeux, Azaël. Je vois clair en toi... Pourquoi ta forme animale est-elle celle d'un chat noir ?

— Pourquoi cette question ? En quoi cela peut-il bien t'importer ?

— J'aimerais que tu me donnes ta vision de la chose, c'est tout !

136

— Bien, si tu le souhaites vraiment, répondit-il sur la défensive. Lorsque je me métamorphose, je deviens un chat noir, car il représente le mal et la malchance. C'est ce que je suis…

— Et sais-tu pourquoi le chat noir a si mauvaise presse ?

Devant l'absence de réponse, elle poursuivit :

— Au Moyen-Age, les sorcières avaient très souvent pour compagnon un chat noir. L'église voulant faire interdire les rites païens et la sorcellerie, car elle apportait la connaissance du monde au peuple, nous fûmes diabolisées. De plus, les médecins de l'époque voyaient d'un mauvais œil ces sorcières qui leur « volaient » leur clientèle. En effet, il n'était pas rare que les femmes viennent nous trouver pour des questions d'ordre intime, comme des naissances ou des avortements. Ils firent tout pour dénigrer nos connaissances ancestrales. La légende courut alors que nous pouvions nous transformer jusqu'à neuf fois en chat. Par notre faute, nos compagnons félins furent eux aussi diabolisés et massacrés en même temps que nous. Aujourd'hui, les chats sont reconnus par la communauté scientifique comme bénéfiques dans diverses maladies, car ils apaisent le cœur et le corps.

— Qu'essaies-tu de dire, Ketty ?

— J'essaie de te faire comprendre que tu n'es pas ce que tu sembles déterminé à croire. Je ressens ta souffrance. Je l'ai ressentie la première fois que nous nous sommes vus, le jour de la grande bataille en forêt d'Huelgoat, si brève qu'ait été notre rencontre. Depuis que tu nous es apparu sous la forme de ce chat, j'ai reconnu ta douleur, décuplée par ces années de solitude. Je n'étais pas certaine qu'il s'agissait vraiment de toi, mais ton visage ne cessait de me tarauder l'esprit. Nous sommes liés l'un à l'autre, Azaël ! Que tu le veuilles ou non. Par quoi ? Je l'ignore, et nous ne le saurons probablement jamais. Peut-être ma seule mission auprès de toi est-elle de te faire prendre conscience de l'homme que tu es réellement.

— L'homme ? releva-t-il.

Ketty sourit et s'approcha à nouveau de lui. Il eut un mouvement de recul, mais la laissa toutefois poser la main sur son torse, à l'endroit où aurait dû battre son cœur. Elle planta son regard dans celui du vampire et par sa seule force mentale, fit dérouler dans la mémoire d'Azaël le fil de ses souvenirs.

« Il est jeune homme. Sa chemise blanche aux manches bouffantes est mouillée de sueur. Son col ouvert sur son torse laisse voir quelques poils trempés. À ses pieds, une femme gît dans son vomi. Il l'a frictionnée jusqu'au bout pour enrayer les frissons qui la submergeaient. Se mêlant à la sueur qui coule de ses cheveux, des larmes ruissèlent de ses yeux gris de chagrin. Hagard, il se rend dans la pièce adjacente. Dans un grand lit, deux petits corps sont raidis par la mort. Froids. Livides. Il a nettoyé le vomi qui les recouvrait, changé les draps souillés par les urines et les selles, avant de s'occuper de sa mère fiévreuse qui, comme ses frères, n'est maintenant que chair inerte. Son père ne rentrera pas. Il s'est enfui, abandonnant femme et enfants lorsqu'il a entendu dire que le choléra arrivait. Lâche qu'il est ! Il espère que l'homme mourra seul, dans un fossé, sans personne pour tenter de le sauver. La grande maison bourgeoise pue la mort. Dans la rue, on ramasse les cadavres qu'on entasse sur des charrettes pour les mener aux bûchers improvisés à la sortie de la ville. C'est la seule façon d'empêcher l'épidémie de se propager, et il le sait. Mais comment se résoudre à appeler les charretiers et les laisser emmener sa famille détruite à jamais, entasser ceux qu'il aime par-dessus tous ces corps en état de putréfaction. Il ouvre la porte, et le soleil l'éblouit un instant. Ce serait une belle journée s'il n'y avait pas ce grand malheur qui s'abattait sur la ville. Le soleil brûlant de ce mois d'août 1832 accélère la décomposition des chairs et propage bien plus vite la bactérie. Face à lui, un homme de loi bouge les lèvres. Aussi abasourdis l'un que l'autre par le chaos ambiant, les deux hommes se parlent sans s'entendre ni se voir. Il lui semble qu'on lui demande s'il y a quelqu'un à ramasser. Il les laisse entrer et emmener, un simple foulard sur le nez, bien futile protection contre la maladie, sa mère et ses jeunes frères. Puis, on lui demande de suivre la foule qui se dirige vers l'église pour la mise en quarantaine. Il y reste jusqu'à ce qu'un homme lui dise qu'il peut partir. Entre temps, les cadavres se sont multipliés. Ils ne sont plus que six survivants sur la centaine de personnes à être entrées en même temps dans le lieu saint.

Où aller désormais ? Pas question de retourner à la maison. De toute manière, le laisseraient-ils passer ? Il cherche une raison de continuer à vivre. Pourquoi ceux qu'il aime sont-ils morts et pas lui ? Qui a dit que les survivants ont de la chance ? Il doit vivre dans un éternel chagrin. Il préférerait être mort. Durant sa quarantaine, il a cherché dans l'église et ses reliques sacrées une raison à tout cela. Il a passé des jours entiers à prier, il a lu la bible intégralement à plusieurs reprises afin d'y trouver des réponses. Comment un Dieu miséricordieux aurait-il permis un tel malheur ? Reniant le Ciel, il part loin de cette ville et de cette vie, sans espoir de lendemain. À la nuit tombée, il s'assoit contre un arbre. Il a faim, son regard est vide. Il a soif de vengeance. Mais qui blâmer dans pareil cas ? Il en veut à la terre entière d'être encore en vie. Il veut se venger de cette puissance supérieure qui lui a tout fait perdre. C'est alors qu'une femme étrange s'approche de lui. Sa peau diaphane semble luire sous les rayons de la lune. Sa beauté envoûtante et sa grâce féline l'attirent. Elle est à n'en pas douter la plus sublime créature qu'il lui ait été donné de voir. Elle lui tend la main. Elle lui propose de ne plus souffrir, d'accomplir sa vengeance. Et il accepte. Lorsqu'il comprend ce qu'elle est, ce qu'elle va lui faire, il est trop tard. Il refuse de toutes ses forces, la supplie de le tuer, mais elle n'en fait rien. Elle le veut auprès d'elle pour toujours. Quand il se réveille le lendemain, il est dans une grotte, il a faim. Il n'est que vengeance. Il ne voulait pas de cette haine, mais maintenant, elle est décuplée. Elle est en lui, par sa faute à elle. Quand elle s'approche de lui, il plante ses yeux devenus noirs dans les siens et sans ciller, la poignarde d'un pieu en plein cœur. Elle n'est plus. Et sa vengeance n'aura pas de limites. »

Azaël se détacha brusquement de l'emprise de Ketty. Haletant, il tomba genoux à terre. Relevant la tête, crocs sortis prêts à mordre, son regard se vrilla dans celui de la jeune femme.

— Que m'as-tu fait ? rugit-il. Ne t'avise plus d'entrer dans mes pensées de la sorte !

— Je n'ai rien fait ! s'insurgea-t-elle aussi essoufflée que lui. Je voulais seulement que tu te rappelles d'où tu venais. Je ne voulais en aucun cas m'immiscer dans tes souvenirs.

— Mais tu l'as fait ! hurla-t-il. Et tu sais maintenant la raison pour laquelle je suis ce que je suis ! C'est ma pénitence pour avoir douté de Dieu !

Elle s'approcha de lui et l'attrapa par le bras lorsqu'il se recula pour éviter son contact. Il se débattit un instant, mais devant l'insistante douceur de Ketty, il finit par s'immobiliser. Posant sa main gauche sur la joue du vampire alors que la droite le maintenait toujours par la manche, elle le força à la regarder dans les yeux.

— Cesse de te morfondre, Azaël ! Il ne s'agit pas d'une pénitence ! Il est plus facile de t'apitoyer sur ton sort que d'accepter la réalité ! À toi de choisir ce que tu veux faire de ton immortalité ! Tu as fait le mal pendant longtemps, mais tu sais aussi que tu peux faire le bien ! La balle est dans ton camp.

Ses yeux perdus dans les iris verts de Ketty, des larmes montèrent du tréfonds de son être. Depuis combien de temps cela ne lui était plus arrivé de pleurer ? Cela devait faire environ cent-quatre-vingts ans. Depuis sa transformation. Il ne pensait plus en être capable. Et Ketty était arrivée et avait réveillé son âme endormie depuis si longtemps.

— Et si en voulant faire le bien, j'en venais à faire le mal ? murmura-t-il, s'abandonnant à la douceur de la main sur sa joue.

— Que veux-tu dire ?

— Je ne souhaite à personne de vivre ma malédiction… Si je n'arrivais pas à me contrôler et qu'accidentellement…

— Cela n'arrivera pas. J'ai confiance en toi, Azaël. Depuis combien de temps étais-tu sous la forme de ce chat ?

— Depuis huit ans…

— Donc depuis huit ans, tu te protèges et tu protèges ceux qui t'entourent. Tu as appris que tu pouvais faire le bien. Je sais que tu y arriveras. N'oublie pas, j'ai fait appel à une âme pure et amie. Pourquoi serais-tu venu à nous si tu ne l'avais pas été ?

Elle lui sourit et après un instant d'hésitation, déposa un baiser sur les lèvres froides d'Azaël. S'empourprant, elle baissa les yeux et se détacha de lui pour retourner au palais, le laissant seul face à ses pensées.

Ne t'inquiète pas, entendit-il dans sa tête, je ne dirai à personne ce que je sais de toi. Tu pourras continuer à t'amuser à faire peur à Thelxiopé !

Le rire de Ketty s'ancra dans sa mémoire comme l'un de ses souvenirs les plus agréables.

Chapitre 14
La boîte de Pandore

Après cette journée haute en émotions, ils avaient regagné leurs appartements avec soulagement pour y prendre un repos bien mérité. Seul Goulven manquait à l'appel, et Centaurea eut bien du mal à s'endormir sans la présence bienveillante de son ami. Azaël, qui n'avait pas eu besoin d'un lit jusqu'à présent, se contenta de dormir sur le sofa de la pièce principale. Au petit matin, Ketty le trouva pelotonné au creux des coussins comme le chat qu'il avait été, et le réveilla avant que tout le monde ne le voie ainsi. Peu de temps après, la chambrée apparut dans la pièce. Hédéra avait besoin de rassembler tout le monde au plus vite. Durant la nuit, elle avait eu une prémonition dont elle voulait discuter avec ses compagnons et la reine Thelxiopé.

C'est tout ensommeillée que celle-ci les reçut dans son boudoir privé. Il ressemblait étrangement à celui mis à la disposition des êtres sylvestres. En effet, la mort de Thelxépéia n'ayant pas encore été annoncée, elle n'avait pas officiellement accédé au trône. Elle avait donc conservé ses appartements qui seraient bientôt déménagés vers ceux, plus fastueux, de la reine. Thelxiopé avait besoin de plus de sommeil que ses invités qui se régénéraient plus rapidement qu'elle grâce à leur connexion approfondie avec Tellus ; aussi avait-elle hâte qu'ils lui exposent leur problème pour retourner se coucher. De plus, elle payait ces nuits entières passées en compagnie des hommes. Depuis que Margygr avait été anéantie, la ferveur sexuelle des amazones s'était amoindrie en même temps que leur beauté et leur séduction s'étaient flétries. De toute manière, quels hommes auraient pu désormais les satisfaire ? Ils avaient tous été changés en démons ! Les guerrières amazones avaient été envoyées pour emprisonner les hommes du village, métamorphosés eux aussi. Elles y avaient passé une bonne partie de la nuit, mais avaient réussi à les cloîtrer dans la pyramide de Nahua-Zami. Le mal semblait contenu pour le moment. Alors, pourquoi venir la déranger de si bonne heure ?

— Une prophétesse m'est apparue cette nuit, dans mes songes, commença Hédéra. Elle détient la boite que nous avons vue à Nahua-Zami. Elle seule peut contenir le mal absolu.

— La boite de Pandore, murmura Lonicéra.

— C'est un mythe ! s'exclama Azaël. Cette boite a été recherchée partout ; son existence n'a jamais été prouvée !

— Tu l'as aussi bien vue que nous, lui dit calmement Ketty. Je pense que Lonicéra a raison.

— Comment connaissez-vous Pandore ? interrogea Thelxiopé que ce nom venait de finir de réveiller.

— L'histoire de Pandore fait partie des légendes de la Grèce ancienne, expliqua Lonicéra pour ses amis autant que pour Thelxiopé. Elle est véhiculée dans le monde des humains qui l'apprennent dans leurs écoles. C'est pour cette raison que seuls Ketty, Azaël et moi-même connaissons cette histoire, car nous y avons vécu.

— La légende dit, poursuivit Ketty, que Pandore fut créée à base d'argile et d'eau par Héphaïstos, le dieu du feu, des forges et des volcans, sur ordre de Zeus. Ce dernier lui avait offert une boite contenant tous les maux de l'humanité et l'espérance. Bien qu'il lui eût interdit de l'ouvrir, Pandore, poussée par sa curiosité, regarda dedans et libéra le mal qu'il contenait. Prenant conscience de son erreur, elle referma la boite avant que l'espérance eût été libérée, l'enfermant à jamais.

— Cette explication est certes écourtée, grommela Thelxiopé, elle n'en est pas moins véridique. Pour trouver cette boite, vous devez vous rendre au sommet du volcan Ifaïstos. C'est là que vit la prophétesse. C'est elle qui détient la boite et la garde en sureté.

— Ne peux-tu envoyer l'une de tes guerrières pour effectuer cette tâche ? s'enquit Lonicéra.

— Elles sont certes fort courageuses, mais elles n'ont pas ta puissance, reine des fées. Grâce à l'aide de Tellus, tu as réalisé des miracles. Il n'y a que toi qui puisses mener cette mission à bien.

Lonicéra se tourna vers Hédéra, Briag et Kieran. Une fois de plus, leur aide était requise. Mais cette fois, la reine des fées avait un mauvais pressentiment. Cependant, elle n'eut pas le temps de se questionner plus longtemps, car un rugissement attira soudain son attention. Un démon cornu et ailé s'était glissé par la fenêtre ouverte et se dressait à côté de Centaurea. Tous crocs

142

sortis, il avait attrapé la jeune fée par surprise. Lorsqu'elle cria d'étonnement autant que de stupeur, il était déjà trop tard. Le monstre la mordit à l'épaule, faisant jaillir un filet de sang de la plaie béante. Elle s'effondra telle une poupée de chiffon en même temps que le démon se désintégrait, touché mortellement par la flèche que l'une des gardes venait de décocher depuis l'entrée de la pièce.

— Centaurea ! hurla Lonicéra en se ruant auprès de sa fille inconsciente.

— Tu avais dit que tous les démons avaient été contenus ! fit remarquer Briag à Thelxiopé sur le ton du reproche en se précipitant à son tour auprès de la fée.

— C'est ce que nous croyions ! Mais il semblerait que certains aient pu nous échapper ! Bien que restreint, ce monde n'en est pas moins vaste. Comment être certaines d'avoir inspecté tous les recoins ?

La nouvelle reine des amazones était indécise, entendant la peur de ces parents, mais consciente que l'on ne pouvait pas demander l'impossible à son peuple.

— Nous comprenons cela, la rassura Lonicéra, le visage crispé par l'inquiétude.

Sous la main d'Hédéra, la plaie se refermait, laissant une infime marque sur la peau de la princesse des fées.

— Centaurea n'est pas en danger pour le moment, affirma Hédéra en posant une main sur le bras de son amie après avoir sondé le corps inerte. Mais lorsque le venin se sera propagé dans tout son corps, il sera trop tard. Ketty, peux-tu préparer un philtre pour ralentir la progression ?

— Je pense pouvoir faire cela. J'ai récolté un certain nombre de plantes hier soir qui me seront utiles.

— Ma magie est vaine, se lamenta Briag qui tentait de guérir sa fille, impuissant. La tienne sera-t-elle plus puissante ?

— La puissance n'a rien à voir là-dedans, intervint Azaël qui était jusqu'alors resté en retrait. Le mal dont souffre Centaurea provient d'une magie très ancienne, et très différente de celle que vous connaissez tous. Je pense qu'il ne s'enrayera que lorsque nous aurons enfermé l'Arhiman dans la boite.

— Très bien, reprit Ketty. Je vais rester avec Centaurea pendant que vous serez partis. Je vais faire ce qui est en mon pouvoir pour vous laisser suffisamment de temps pour agir.

— Je reste avec toi pour t'aider, se proposa Hédéra.

Devant le regard désemparé de Lonicéra, Hédéra poursuivit :

— Je serai plus utile auprès de Centaurea, mon amie. Azaël vous accompagnera. Ses connaissances du milieu obscur vous seront bénéfiques. Es-tu d'accord, Azaël ?

— Bien sûr, Hédéra. Si je peux vous protéger une fois de plus, je le ferai.

— Merci, Azaël, murmura alors Lonicéra en inclinant la tête.

Le vampire lui sourit timidement, embarrassé par tant de reconnaissance, lui qui n'avait connu que ténèbres et horreurs depuis presque deux siècles. Briag porta Centaurea dans ses bras jusqu'au sofa, puis d'un commun accord, les amis se séparèrent, s'adressant mutuellement des encouragements silencieux.

***

Lonicéra les avait téléportés au pied du mont Ifaïstos. Imposant, il semblait vouloir toucher un ciel imaginaire caché dans un épais nuage. En effet, depuis que l'Arhiman avait colonisé le cristal maître, la température ambiante s'était fortement refroidie. La rencontre de cet air glacé avec la chaleur produite par le volcan provoquait un dégagement de vapeur qui s'accumulait sous la voûte sans pouvoir s'en échapper. Le nombre de fumerolles avait augmenté et par endroits, de la lave rougeoyante se déversait en petites quantités sur la croute stérile du volcan. À peine avait-elle le temps d'apparaître qu'elle se solidifiait dans un bruit mat de bulle qui éclate.

Motivée plus que jamais par l'urgence de la situation, Lonicéra s'avança d'un pas décidé vers le volcan qui était en train de se réveiller après des siècles de sommeil. Consciente que la prudence s'imposait, elle se concentra sur le sol et ses aspérités, afin d'éviter au mieux les embûches qui se dressaient sur son chemin. Soudain, elle ne sentit plus derrière elle la présence de ses compagnons. Elle se retourna et les vit à quelques mètres d'elle. Briag frappait des poings un invisible mur et elle put lire sur les lèvres de son époux qu'il criait son nom. Cependant, aucun son ne lui parvenait.

144

Rapidement, Lonicéra rebroussa chemin et rejoignit Briag. Lorsqu'elle voulut le toucher, une décharge électrique lui parcourut la main, la faisant reculer sous le coup de la douleur occasionnée. Briag lui parlait, mais elle ne l'entendait toujours pas. Elle chercha à entrer en contact avec lui mentalement, mais rien n'y fit. Soudain, une voix s'éleva dans l'éther. Tous quatre levèrent les yeux, cherchant d'où celle-ci pouvait provenir. Ils ne virent personne. La voix leur dit :

« Une seule personne peut ici pénétrer, et ne ressortira qu'une fois son objectif atteint. »

Les yeux que Briag posa sur Lonicéra la désarmèrent. Il avait si peur pour elle ! Il ne voulait pas la laisser y aller seule, et pourtant, il devait s'y résoudre. La voix reprit alors :

« Afin de prouver ta détermination, tu dois renoncer à tes pouvoirs le temps de ta quête. C'est le prix à payer pour être digne de recevoir ton dû. Seuls le courage et la persévérance comptent. » Soudain, Lonicéra se sentit plus lourde qu'avant, comme si une chape de plomb s'était abattue sur ses épaules. Elle ne ressentait plus les énergies qui l'entouraient aussi intensément que d'habitude. La connexion même qu'elle entretenait avec Tellus sembla la quitter. Les arabasques dessinées sur sa peau s'estompèrent jusqu'à disparaître intégralement. Seul le lien l'unissant à son époux apparaissait encore.

Briag la regardait, terrifié à l'idée que quelque chose de néfaste lui arrive. Comment pourrait-il survivre si Lonicéra, son âme sœur, sa bien-aimée, venait à disparaitre ? Rien que d'y penser, la douleur était si intense qu'il était convaincu que le simple fait de respirer lui serait une torture. Avant même de la rencontrer physiquement, il avait su qu'elle était celle qu'il avait attendue toute sa vie. Aujourd'hui, il ne pouvait se résoudre à la perdre. Ravalant sa peur, il lui sourit en hochant la tête pour lui signifier qu'il avait toute confiance en elle. Il la savait capable de réussir, même sans ses pouvoirs. Elle lui rendit son sourire, lui communiquant par le regard tout son amour, puis tourna le dos pour commencer son ascension.

Chaque pas était étrange, lourd, maladroit. L'agilité des fées acquise lors de cette dernière décennie l'avait abandonnée. Ses ailes refusaient de la soulever et tout essai était d'une violence à lui arracher des cris de douleur comme elle n'en avait jamais connu auparavant. Elle se souvenait de l'impression de légèreté qu'elle avait ressentie au fur et à mesure de sa transformation en fée. Et cela l'avait quittée. Était-elle redevenue un peu de cette humaine qu'elle avait été ? Lui retirer ses pouvoirs changeait-il du tout au tout la structure moléculaire qui était désormais la sienne ? Elle se félicita que ce fut elle qui eût été envoyée ici, car tout autre être magique n'ayant jamais fait l'expérience de l'humanité aurait été totalement perturbé, ébranlé par la rudesse de l'absence de magie. Peut-être son ancienne condition humaine lui permettrait-elle de mieux supporter l'épreuve qui l'attendait ? Elle n'eut pas le temps de s'interroger davantage, car dans un rugissement qui fit trembler toutes les parois de la grotte, le cristal maître se mit à vibrer et à lancer des éclairs de feu vers Ifaïstos. Deux démons ailés en surgirent et s'envolèrent en direction du volcan à grand renfort de bourrades et de coups de crocs, se menaçant l'un l'autre. Lonicéra avait déjà gravi les deux tiers du mont lorsqu'ils se séparèrent. Le premier se dirigea vers Briag, Kieran et Azaël qui, armes aux poings, étaient prêts à se battre. Le deuxième prit Lonicéra pour cible sous les yeux horrifiés de Briag. Il buta contre le mur invisible, mais revint aussitôt à la charge. De ses longues griffes, il le lacéra tant et si fort que dans sa hargne, le dôme se fendit en laissant un infime passage. Le Daêva, devenu fumée épaisse, s'y insinua pour se recomposer de l'autre côté.

Briag vit toute sa vie des dernières années avec Lonicéra défiler devant ses yeux. Il ne pouvait se résoudre à laisser son âme sœur, désarmée et impuissante, aux griffes du monstre. Mais alors qu'il s'apprêtait à se jeter une fois de plus contre le mur invisible pour essayer en vain de la rejoindre, il entendit derrière lui les voix de Kieran et Azaël qui lui hurlaient de faire attention au monstre. D'instinct, l'elfe se retourna pour faire face à son ennemi. Deux fois plus grand qu'eux, le démon ressemblait à un dragon à trois têtes. Il avait atterri à leurs côtés, les forçant à se séparer. Son énorme corps était recouvert d'écailles coupantes, et des ailes aux griffes acérées fendaient l'air de manière menaçante. Chacune de ses têtes fixait l'un ou l'autre de ses adversaires. Le monstre réagissait au moindre mouvement de leur part, claquant des mâchoires en signe de défi. D'un commun accord mental, Briag et Kieran créèrent une boule d'énergie qu'ils lancèrent sur la bête. Celle-ci n'en fut pas même ébranlée. Reprenant leurs épées, ils se lancèrent dans un combat acharné, l'un cherchant à frapper une patte, l'autre essayant de toucher une aile. Azaël se rua vers la bête, se métamorphosant à nouveau en chat. Il réussit à se faufiler entre les pattes menaçantes du démon et plantant ses griffes dans le cuir épais du Daêva, se hissa le long de sa jambe jusqu'à son dos. Là, reprenant son apparence normale, il enfonça la dague qu'il avait conservée à sa ceinture dans l'œil de la tête sur laquelle il essayait de se maintenir avec difficulté. Sous le coup de la douleur, le monstre se cabra en dévoilant son ventre. Briag et Kieran profitèrent de l'aubaine pour se jeter, toutes lames braquées vers la bête, dans son giron. Soudain, ils entendirent la voix d'Azaël leur crier :

— Ne l'éventrez pas ! C'est le démon Azhi Dahaka !

Trop tard. Le démon s'étala de tout son long, répandant sur le sol le contenu verdâtre de son abdomen. Sautant à terre en même temps que la bête s'affalait, Azaël les rejoignit alors que le liquide commençait à se ramasser en petits tas grouillants.

— Qu'est-ce que c'est que ça ? questionna Kieran, stupéfait.

Visiblement dégoûté, il ne pouvait décrocher son regard des bestioles qui prenaient forme sous ses yeux. Quant à Briag, sitôt la bête terrassée, il s'était tourné vers le volcan où Lonicéra venait de se faire attaquer, désarmée, par l'autre démon. Hurlant de concert avec sa bien-aimée, il ne put rien faire lorsque celui-ci déchira les entrailles de la fée. Frappant désespérément le mur invisible de ses poings, Briag ne prêtait pas attention à ses phalanges se déchirant sous la violence de sa supplique éperdue. Les larmes lui brouillaient la vue. Il se laissa tomber à genoux devant la prison translucide et y appuya son front alors que Lonicéra agonisait. Il ignora la douleur provoquée dans sa tête par les décharges électriques qui ne cessaient de tarauder sa peau en contact avec le champ magnétique. Il ne pouvait détacher son regard de la montagne et de l'insoutenable spectacle qui se déroulait sous ses yeux. Le sang giclait de la dépouille, éclaboussant le monstre qui s'en délectait. Puis, sa besogne accomplie, ce dernier s'envola vers Nahua-Zami. Sous le choc, Briag n'entendait pas les appels de son ami lui sommant de faire face aux centaines de scorpions et de lézards verts venimeux qui s'échappaient du ventre béant de l'Azhi Dahaka.

— C'est ce que j'ai essayé de vous dire ! ironisa Azaël alors que les bêtes s'approchaient dangereusement d'eux. Mais vous avez été trop rapides !

Soudain, le déchirement dans le cœur de Briag se mua en colère à l'état brut. Celle-ci prit possession de lui et le reconnecta à la réalité de la situation. Empli par sa peine et sa soif de vengeance – sentiment totalement nouveau pour lui –, il se releva et fit face aux scorpions et aux lézards. Entre ses mains, la boule d'énergie qu'il avait créée se transforma en une flamme gigantesque qu'il déversa sans limites sur les animaux qui les menaçaient. Aveuglé par ses larmes, il brûla tout sur son passage. Ce fut la main de Kieran sur son épaule et sa voix dans sa tête qui firent prendre conscience à Briag qu'il avait massacré tous les arachnides et les reptiles qui se trouvaient à sa portée. Laissant retomber ses bras le long de son corps, il se laissa glisser au sol, apathique. Il ne pouvait y croire. Lonicéra ne pouvait pas être morte ! S'age-nouillant à son tour, Kieran posa une main réconfortante sur l'épaule de son ami. Il n'avait rien suivi de la scène qui s'était déroulée quelques instants plus tôt sur la montagne. Lorsqu'il interrogea Briag sur la raison de son émoi, celui-ci le repoussa violemment. Usant de sa rapidité naturelle, il se retrouva en un rien de temps devant le mur invisible. Il le frappa à nouveau et, son visage s'illuminant, il cria à son ami :

— Kieran ! Elle n'est pas morte ! Si elle l'était, le mur serait tombé, n'est-ce pas ?

Kieran venait juste de comprendre ce qui se passait ; il venait d'apercevoir au loin le corps inanimé de la fée qui gisait dans une mare de sang. Il regarda son ami, ne pouvant se résoudre à prononcer un mot.

— N'est-ce pas ? répéta Briag, plein d'espoir.

Alors, s'asseyant sur ses talons, l'elfe puisa toute la force qu'il pouvait dans le sol et dans l'éther. Puisqu'il ne pouvait pas passer la barrière par-dessus, il passerait en dessous. Il focalisa sa pensée sur son aimée et lui communiqua tout son amour. Son aura grandissait autour de lui alors qu'il mettait toute son âme à la tâche. Soudain, de la croute stérile du volcan, sortirent de minus-cules pousses de végétaux. Celles-ci grandirent encore et encore, et les lianes de chèvrefeuille s'enroulèrent autour du corps de la reine des fées, l'ensevelissant dans les effluves de sa fleur emblème.

***

La bête arrive. « Seuls le courage et la persévérance comptent », a-t-elle dit... Il est temps de montrer ce que tu vaux, ma grande ! Allez ! Sors ton épée et fais face courageusement.

Elle est là. Je fends l'air de ma lame, mais je sais que cela ne sera pas suffisant. J'aimerais me servir de mes pouvoirs. Je me rends maintenant compte à quel point je me suis reposée sur eux tout ce temps.

Ah ! Cette voix dans ma tête ! Comme elle est stridente et douloureuse ! « Je suis Aeshma ! » me dit-elle, « je suis le démon de la folie furieuse et de l'outrage ». Ça, je veux bien le croire ! Mais cesse de me vriller les tympans ! Je crois que je vais m'évanouir si cela continue ! Stop ! Arrête ! Je ne peux pas résister plus longtemps... Je sombre...

Je suis hors de mon corps et je vois la scène de carnage : la bête déchiquette mon corps de ses griffes crochues. Elle se sert de ses bras et de ses ailes pour cela. Comme elle est bien équipée pour cette besogne ! Je suis couverte de sang... Mes intestins parsèment le sol... Une odeur de fer flotte au-dessus de moi et Aeshma se repaît de ma mort... Oh, Tellus ! S'il te plait ! Fais signe à Briag de se retourner ! Les bêtes vont le tuer s'il n'y prête pas garde ! Il doit sauver sa vie ! Ne pas me pleurer ! Il est bien trop cher à mes yeux pour que j'accepte qu'il meure lui aussi en laissant Centaurea agoniser à cause du poison !

Maman ? Que fais-tu là ? Et pourquoi es-tu avec Rana ? Où m'emmènes-tu ? Cherry Island... Ma Cherry Island... Pourquoi tout est-il si sombre ? Qui est cet elfe au milieu de cette horde de monstres ? Que dis-tu, Maman ? Ce sont des korrigans et des vampires ? Et pourquoi mon peuple est-il derrière les barreaux de ces cages improvisées ? Tourne-toi, l'elfe, que je voie ton visage... TOURNE-TOI ! Je dois retourner sauver mon peuple !

Je suis à nouveau couchée sur la pente du volcan, et je baigne dans mon sang... Maman a disparu... Je n'ai pas peur... Ma vie de fée m'a tout apporté... Je suis née pour mourir sur cette montagne... Mais je sais que rien n'est définitif. Pas même la mort... Je meurs maintenant, mais je renais aussi en ce même instant.

Autour de moi, le chèvrefeuille pousse, s'enroule dans mes cheveux, prend possession de mon corps. La sève qui court dans ses lianes s'écoule aussi dans mes veines. Elle cicatrise mes blessures et replace mes organes. Je suis le chèvrefeuille et le chèvrefeuille est moi... Nous ne sommes qu'un...

Je sens l'amour de Briag qui me demande de lutter, de revenir. Et c'est bien ce que je compte faire. Je suis forte, plus forte que je ne l'ai jamais été. Je suis la puissance de Tellus, je suis la Terre, je suis le Ciel, je suis le Tout. Je suis la Lumière, et j'irradie alors que je me relève. Je suis prête à repartir... Le cristal maître tremble de colère, mais je n'en ai que faire... Je le nargue en pointant vers lui mon index éblouissant, et il reçoit mon éclair d'énergie en pleine face... Je suis là, et je vaincrai...

***

La femme releva la tête lorsque Lonicéra pénétra dans la caverne, irradiant de sa beauté et de sa vie retrouvée, le corps régénéré par la puissance de Tellus. Un sourire bienveillant illumina alors le visage de la prophétesse. Elle se leva en inclinant la tête en signe de respect envers la reine des fées.

— Comme tu l'as deviné, Reine des Fées, je suis la prophétesse. Mon nom est Raidné.

— Je suis ravie de faire ta connaissance, Raidné.

Contournant l'autel derrière lequel elle se tenait en prière, celle-ci s'approcha d'un pas tout félin, effleurant la pierre sacrée du bout de ses doigts.

— Je te félicite pour ta bravoure. Personne n'a jamais encore survécu à l'ascension que tu viens de réaliser. Et personne n'avait encore été confronté au démon auquel tu as réchappé.

— Je suis coriace, semble-t-il ! murmura Lonicéra de sa voix posée semblant provenir de par delà les âges.

— Et j'en suis ravie. Si tu es arrivée jusqu'à moi, c'est parce que la boite de Pandore te revient de droit. Pendant des siècles, j'ai veillé sur elle en attendant que le mal absolu se manifeste. Le jour est venu pour toi d'emprisonner le mal qui ronge le monde.

— Cela signifie-t-il que le mal n'existera plus ?

— Bien sûr que non, Lonicéra. Et tu le sais bien. Le Bien et le Mal sont des notions tellement complexes ! Tout dépend du point de vue de chacun ! Même en faisant le bien, il peut arriver qu'on en vienne à déclencher l'effet inverse ! Et ceux qui font le

150

mal, le font par conviction, en pensant que c'est ce qu'il y a de mieux à faire, car bénéfique pour eux !

— Les hommes continueront donc à faire la guerre malgré tout…

— Oui, Lonicéra. Mais ils continueront aussi à faire l'amour ! À créer de la beauté à chaque instant ! Si tu n'enfermes pas l'Arhiman, l'amour disparaitra à tout jamais. Je sais que tu aimes trop pour tolérer une chose pareille.

— En effet…

Lui tendant le coffret, Raidné se prosterna devant Lonicéra. Lorsque celle-ci s'en empara, la prophétesse, dans un éclat de rire cristallin, se volatilisa dans l'éther pour rejoindre ses dieux.

Alors, le mur invisible retomba, libérant les pensées de Briag qui arrivèrent dans celles de Lonicéra, comme une explosion d'amour. Le cristal maître, furieux de la survie de la reine des fées, vibra à nouveau et de la fumée noire commença à s'en échapper. Tous les maux de la terre prenaient maintenant vie sous la forme de monstres tous plus difformes les uns que les autres. Puis, se rassemblant en un seul, l'Arhiman se redressa sur le monde englouti. Rugissant, il cracha des flammes dévastatrices sur les femmes qui sortaient de leurs maisons, alarmées par les éclairs rouges et noirs qui menaçaient de faire éclater le cristal, source de toute vie dans le monde de Pandora. Se téléportant sur le promontoire de la déesse au-dessus du palais, Lonicéra ouvrit la boite. La bête rugit de douleur et de haine. Elle hurla alors qu'un courant irrépressible l'attirait dans la boite. Elle tenta de résister, de s'accrocher au cristal maître, tentant d'y planter les lames acérées saillant de ses pattes, mais ne réussit qu'à en arracher des crissements stridents qui vrillaient les tympans. Lorsqu'une lumière aveuglante s'échappa du coffret, chaque parcelle de vie fut envahie par l'espérance qui se répandait à nouveau sur le monde. L'Arhiman, ébloui par la lumière franche de l'espoir, commença à se tordre en tous sens, comme poignardé par une multitude de dards aiguisés. Enfin, avec force hurlements assourdissants et rugissements, le Mal éclata en mille morceaux qui se réunirent en un tourbillon qui prenait sa base dans la boite. Les cheveux de Lonicéra dansaient au vent, de concert avec l'étoffe de ses vêtements. Elle tenait toujours dans ses mains le coffret maudit et maintint sa prise coûte que coûte pendant que les rafales s'abattaient sur elle en même temps que sur l'objet. La cascade, elle-même chahutée par la violence du tourbillon, éclaboussait la reine des fées et éteignait le feu des monceaux de chair ardente de l'Arhiman. Enfin, l'espérance atteignit le cristal maître qui se relia à Lonicéra. Elle s'éleva dans les airs jusqu'à entrer en contact physique avec lui ; leurs énergies se mêlèrent. Où commençait la chair de l'une ? Où se terminait la masse moléculaire de l'autre ? Ils ne faisaient qu'un. Espérance dans pureté, pureté dans espérance. Puis lentement, délicatement, le corps de la fée quitta le doux contact de la roche. Lorsque les pieds de Lonicéra touchèrent à nouveau le sol, la lumière se répandit en un feu d'artifice de couleurs scintillantes. Le couvercle en bois se referma sur les maux du monde pour la dernière fois.

Sur le promontoire de la Déesse, Lonicéra restait debout, les yeux clos, entourée de son aura éclatante. Elle appréciait cette énergie qui courait en elle, la faisait s'élever vers le ciel et l'ancrer dans la terre en même temps. Tout son être était transcendé par la force de l'amour, par l'espérance.

Chapitre 15
Fin d'un rêve

Alors que le cristal maître se purifiait à nouveau, chaque habitant du monde englouti reprenait son apparence originelle. Les amazones, telles des fleurs s'épanouissant au soleil, retrouvèrent leur prestance ; leurs peaux se déridèrent pour recouvrer leur douceur naturelle et leur élasticité. Leurs cheveux repoussèrent soudain, laissant au rang de mauvais souvenir les crânes dégarnis et hirsutes qui étaient les leurs peu de temps auparavant. Elles se redressèrent, oubliant la voûte de leurs dos. Progressivement, les hommes cessèrent de rugir et de se battre, se redressèrent sur leurs pattes arrières redevenues jambes. Le regard abasourdi, ils se questionnèrent les uns les autres quant à leur enfermement dans la prison de glace. Visiblement, leur état de monstres leur avait fait occulter la réalité... et à Goulven autant qu'aux autres ! En effet, ayant repris ses esprits, ce dernier fut pris de panique devant l'absence de ses compagnons. Sa première pensée fut pour Centaurea dont il hurlait maintenant le nom en frappant les parois transparentes de ses poings. Soudain, la voix tant aimée résonna dans sa tête, lui assurant que tout était fini et qu'elle viendrait bientôt le chercher... Centaurea s'éveillait de son coma.

Sous les regards soulagés d'Hédéra et de Ketty, elle reprenait son teint de rose. Hédéra sonda le corps de la jeune fée en lissant son aura de ses mains et constata que le poison qui la rongeait s'était totalement dissipé. Avec l'aide de Ketty, Centaurea se releva et insista pour se rendre au balcon. Le cristal maître irradiait de pureté et d'amour, rendant secondaires les ruines de la basse-ville récemment détruite. Le temps semblait comme suspendu, laissant une trêve aux femmes qui reprendraient bientôt leur labeur dans les décombres, à la recherche de survivantes. Malheureusement, l'Arhiman avait œuvré pour la destruction du monde englouti, et elles devraient aussi sortir de nombreux corps sans vie des gravats...

Centaurea tourna le regard vers Ifaïstos. Elle savait que ses parents s'y trouvaient. Elle leur envoya un message mental pour les rassurer quant à son état. Toutefois, celui-ci fut bref car le corps de la jeune fée était encore affaibli par l'épreuve qu'elle venait de traverser. Les voix aimantes de ses parents résonnèrent de concert dans sa tête, et elle sut qu'ils allaient bien.

Après cette grande victoire, Lonicéra s'était à nouveau téléportée auprès de Briag. Ils restèrent un instant à se dévisager, étranges retrouvailles après la peur qu'ils avaient éprouvée à l'idée d'être séparés pour toujours l'un de l'autre. Enfin, Briag avança d'un pas et aussitôt, Lonicéra se jeta dans ses bras. Elle s'y blottit comme si sa vie en dépendait. Briag était vivant. Centaurea aussi. Elle avait évité le pire pour elle-même et pour le monde englouti. Toute chose était désormais à sa place, et l'espérance flottait dans l'air pur de la grotte-monde.

En gage de sa reconnaissance, le peuple de Pandora promit son allégeance éternelle au peuple sylvestre. En retour, Lonicéra décida de confier la boite de Pandore à son peuple d'origine, considérant que c'était aux amazones qu'elle revenait de droit. Elle souhaitait en effet laisser le coffret sous la garde conjointe de Télès et de Gabriel, les deux prêtres de Pandora. La boite de tous les péchés serait enfermée dans les labyrinthes du grand temple, là où personne ne saurait jamais la retrouver.

— Il ne saurait être question que la boite de Pandore reste dans notre monde, Lonicéra, s'opposa Télès. Tu l'as acquise en payant de ton sang. Toi seule pouvais la recevoir.

— Cela ne signifie pas que je ne puisse vous la confier !

— Au contraire, Reine des Fées. Raidné a fait de toi la nouvelle gardienne. Tu n'as d'autre choix que de l'accepter... Mets le coffret en sécurité lorsque tu seras revenue dans ton monde, et tout se passera bien.

Résignée, Lonicéra l'emballa dans une étoffe et le fourra tout au fond de son sac de voyage, en espérant qu'aucune main malveillante ne se poserait dessus jusqu'à ce qu'elle lui trouve une cachette sur Cherry Island. Cela ne lui plaisait guère de ramener les maux de la terre dans son monde, mais il lui fallait pourtant s'y résoudre. La vision qu'elle avait eue lors de sa sortie de corps était devenue une obsession dès que le coffre avait été scellé. Elle devait à tout prix s'assurer que ce n'était qu'un mauvais rêve, ou dans le cas contraire, porter secours à son peuple. Le combat qu'elle venait de mener avait été rude, mais ils avaient vaincu. Il en serait de même dans le futur. Aussi, prenant congé de ses hôtes, elle reprit le chemin de Cherry Island avec ses compagnons.

***

Lorsqu'ils arrivèrent devant le portail entre les mondes, ils ressentirent tous un malaise grandissant. Des yeux invisibles semblaient les observer. Quelque chose de néfaste était à l'œuvre. Et ce qui ne manqua pas de les alarmer, nulle part trace de Sean qui aurait dû être à son poste !

Goulven récita l'incantation et le portail s'ouvrit. Tous ensemble, ils se laissèrent tomber dans l'eau.

Ils eurent à peine le temps de réaliser qu'ils n'étaient pas les seuls à pénétrer le monde des fées et des elfes. Autour d'eux, dans leur chute vertigineuse vers le portail dans la forêt, tout devint noir et froid. Ils se sentirent enveloppés par les bras de la mort. Lorsqu'ils aperçurent au loin la lumière indiquant l'arrivée proche dans leur monde, des mains de fer s'abattirent sur leurs nuques et tous perdirent connaissance, assommés par leurs bourreaux.

Lorsque Lonicéra revint à elle, elle était ligotée les mains dans le dos. Le bâillon écartant ses lèvres était serré si fort qu'il lui semblait que leurs commissures allaient se déchirer à tout moment. À genoux au sol, assise sur ses talons, sa demi-conscience la faisait vaciller dangereusement. Chaque respiration la menaçant de s'affaler au sol. Soudain, elle entendit un ricanement de haine. Un ricanement familier qu'elle avait déjà entendu de nombreuses années auparavant. Relevant la tête dans un regain d'énergie, elle vit Hédéra dans la même posture qu'elle. Leurs regards se croisèrent alors que la fée confirmait à sa reine ce qu'elle avait soupçonné. Lonicéra tourna la tête et constata qu'elle se trouvait au milieu de ses compagnons, tous ligotés, bâillonnés et à genoux. Sous les arbres, comme dans sa vision, des cages de bois enfermaient son peuple. Leurs gardiens étaient vêtus de noir et avaient le teint livide et froid des morts. Leur beauté désarmante les rendait pourtant attirants. À leurs côtés, des êtres de deux mètres de haut, aux visages porcins et longues oreilles pointues, aux jambes de bouc, grognaient d'envie devant les fées captives. Les vampires et les korrigans s'étaient unis en une armée maléfique. Et à leur tête, celui à qui Lonicéra avait laissé la vie sauve en espérant sa rédemption.

— Enored ! criait Lilia en pleurs depuis sa prison. Pourquoi nous fais-tu cela, alors que nous t'avons accueilli parmi nous lorsque tu en avais besoin ?

— Je ne me nomme pas Enored, petite fée insignifiante… Je suis Riwan, serviteur de la Déesse du Chaos ! Et je suis ici pour finir ce que ma maîtresse m'a commandé il y a dix ans de cela !

Lonicéra, ne pouvant s'exprimer à cause de la contention faite sur sa bouche, tenta d'entrer en contact avec son agresseur par télépathie, mais en vain. Elle chercha à se téléporter, mais ses pouvoirs ne lui répondaient plus. Interrogeant ses comparses du regard, elle constata que ni Hédéra ni Centaurea ne pouvaient effectuer de transfert.

— Cela ne te sert à rien de te démener de la sorte, Lonicéra ! ricana Riwan, l'air mauvais. J'ai bloqué tous vos pouvoirs. Petite décoction de ma composition dont je suis assez fier ! Vous êtes à ma merci ! Vous m'avez méprisé pendant tout ce temps. À moi de vous renvoyer la politesse ! Je vais tuer toutes les personnes qui ont de la valeur à tes yeux, Lonicéra. Puis je lâcherai sur ton monde le mal absolu…

Prenant conscience de la présence au sol de ses affaires de voyages éparpillées, Lonicéra remarqua enfin dans les mains de Riwan la boite de Pandore qu'il caressait et couvait d'un regard admiratif. Terrifiée par les tourments à venir, elle ne put que relever les yeux vers l'elfe lorsqu'il poursuivit de sa voix cruelle :

— Et je vais commencer par lui, le pseudo-vampire qui a préféré se tourner vers votre cause plutôt que celle qui aurait dû être la sienne !

Lorsque Riwan s'approcha d'Azaël, Ketty tenta de se relever, mais fut rapidement maîtrisée par le vampire qui se trouvait dans son dos. Il abattit son poing dur comme le marbre sur la nuque de la sorcière qui s'effondra au sol, le nez dans la poussière. Azaël, le regard emprunt de vengeance, se releva d'un bond, faisant vaciller le korrigan qui le maintenait agenouillé l'instant d'avant. Mais avant qu'il n'ait pu effectuer plus ample mouvement, Riwan le lâche, sentant la situation prête à lui échapper, ouvrit le coffret. Une horde de monstres ailés en sortit, abattant sur ce monde la désolation. Les feuilles des arbres se flétrirent soudain, une forêt d'arbres morts les entoura aussitôt. Riwan leur ordonna de s'abattre sur Azaël et sur les fées et les elfes présents dans les cages. Riant à gorge déployée, il se délectait de la détresse de Lonicéra et de ses compagnons devant ce spectacle de désolation. Comment le peuple sylvestre pourrait-il réchapper de toute cette folie ? Ces êtres démoniaques aspiraient la vie en-dehors des corps des êtres sylvestres, ne laissant derrière eux que des enveloppes charnelles vides. Quand l'un d'eux s'abattit sur le vampire, celui-ci s'écroula, rejoignant Ketty au sol qui, s'éveillant à nouveau, poussa un cri d'horreur étouffé par son bâillon. Des larmes ruisselant sur ses joues, elle rampa jusqu'à lui. C'est alors qu'il battit des cils et se releva. Avec une force surprenante, il fit voler ses liens en éclat et arracha l'étoffe qui le contraignait au silence. Riwan, dague à la main, recula vers Lonicéra en même temps qu'Azaël s'avançait vers lui.

— Comment est-ce possible ! hurla-t-il hors de lui. Comment se fait-il que tu ne sois pas mort ?

— Tu as oublié que je suis immortel ! sussura Azaël. Comment peux-tu tuer un immortel ? Mais je ne pourrais pas en dire autant de toi ! Tu as certes une longévité hors du commun, mais tu peux mourir, comme n'importe quel humain !

Menaçant, Azaël se préparait à bondir, mais Riwan ne lui en laissa pas le temps. Les monstres continuaient à décimer le peuple des fées au milieu des cris de ces dernières, alors que l'elfe traître à son peuple empoignait d'une seule main les ailes de la reine. Azaël stoppa aussitôt son geste. Dans un rire dément, Riwan abattit sa dague sur les ailes de Lonicéra. Dans un cri de douleur déchirant, tout explosa autour d'elle. Son cœur bondit hors de sa poitrine alors qu'une lumière aveuglante en jaillissait, réduisant en cendres les vampires et éparpillant les korrigans en millions de morceaux. Le souffle de l'explosion balaya tout sur son passage. L'espérance que le cristal maître avait partagée avec elle se répandait sur Cherry Island.

Et après la lumière, le noir se fit.

***

Bip, bip, bip... Où suis-je ? Bip, bip... Pourquoi fait-il si noir ? Bip, bip... Je voudrais ouvrir les yeux, mais je n'y arrive pas... Bip, bip... Qui me fait donc pivoter sur le côté... Mais ma parole ! Quelqu'un est en train de me laver ! Stop ! Arrêtez ! Je suis assez grande pour le faire toute seule ! Bip, bip... Et d'abord, pourquoi « Bip, bip » ? Et pourquoi « Bip, bip » tout à l'heure aussi régulier est-il en train de s'accélérer ? J'ai peur... Non, ne t'enfuies pas « Bip, bip » ! Tu es mon seul repère ! J'ai besoin de toi !

Tiens ? Quelqu'un me parle ? Mademoiselle Dubois... Pourquoi la voix m'appelle-t-elle ainsi ? Je ne me nomme plus comme ça depuis fort longtemps ! Il faut que je me concentre, que j'écoute ce qu'elle dit :

— Bonjour Docteur. Ses constantes sont stables, mais son pouls s'accélère régulièrement. Mademoiselle Dubois a même bougé ses doigts tout à l'heure.

— Très bien. Nous sommes sur la bonne voie.

Une porte se referme dans un « clac » sec. Docteur ? Mais où suis-je, non de non ? Il faut que je sache !

Mais que se passe-t-il ? J'ai l'impression de m'envoler ! Je flotte dans la lumière... Au-dessous de moi, une infirmière est en train de faire la toilette à une jeune femme métisse allongée dans un lit d'hôpital... Mais c'est moi ? Comment suis-je arrivée là ? Je dois savoir !

Ah, non! Qu'y a-t-il encore? Je me sens aspirée vers ce corps inanimé. J'entre à nouveau dans mon enveloppe charnelle... Je veux ouvrir les yeux et sortir de ce cauchemar. Briag! Où es-tu?

— Briag ! hurlè-je en me redressant dans mon lit d'hôpital.

J'ai fait peur à l'infirmière qui ne s'attendait pas à me voir réagir.

— Bonjour, Mademoiselle Dubois, me dit-elle pour me rasséréner. Je m'appelle Rose et c'est moi qui m'occupe de vous aujourd'hui.

— Rose, murmurè-je en me laissant recoucher par la jeune femme aux yeux verts et cheveux roux. Vous ressemblez tant à Centaurea !

— Qui est Centaurea, Mademoiselle Dubois ?

— C'est ma fille. Elle est d'une telle beauté ! Comme vous...

Elle ne répond pas. Elle semble réfléchir à toute vitesse et ne pas comprendre ce que je lui dis.

— Comment va-t-elle ? Est-elle là, elle aussi ? Et Briag ? Où est mon mari ?

— Mademoiselle Dubois – je n'aime pas du tout le ton qu'elle prend ! – pour autant que nous sachions, vous n'êtes pas mariée, et vous n'avez pas d'enfant.

— Comment ça ? Vous vous moquez de moi ? Bien sûr que je suis mariée ! Et ma fille s'appelle Centaurea.

— Très bien, répond-elle avec patience. Pouvez-vous me dire où vous avez accouché ?

— Sur Cherry Island.

— Cherry Island ? Mais il n'y a rien sur cette île !

— Rien ? Mais laissez-moi donc tranquille ! Vous ignorez tout du monde d'où je viens !

— Mademoiselle Dubois – ça y est, elle reprend son ton doctoral ! J'ai horreur de ça ! – il est fréquent que les personnes se réveillant d'un coma soient déstabilisées. Vous avez vécu un réel traumatisme.

— Quel traumatisme ? avancè-je, apeurée par l'idée que mon peuple ait été découvert par les humains.

— Vous avez failli vous noyer dans le loch, Mademoiselle! Heureusement que des jeunes gens passaient par là! Vous leur devez la vie!

— Quelle est la date, je vous prie ?

— Nous sommes le 21 septembre 2011, Mademoiselle.

— 2011…

Je suis donc arrivée il y a trois jours en Écosse.

Chapitre 16
L'espoir renaît

Chaque matin depuis son réveil, Océane se répétait tel un mantra : « Tout cela n'est qu'un rêve. Je vais me réveiller. Tout cela n'est qu'un rêve. Je vais me réveiller. Tout cela n'est qu'un rêve. Je vais me réveiller. »

Lorsqu'elle avait quitté le service de réanimation pour les soins de suite, elle avait remercié Rose pour sa gentillesse, et celle-ci lui avait souhaité bon courage. Océane reprenait des forces à une vitesse surprenante et serait bientôt debout. Aussi, lorsque les aides-soignantes venues l'aider à faire sa toilette la trouvèrent dans la salle de bain alors qu'elle n'avait pas encore eu la permission de se lever, elles furent toutes retournées et eurent peur qu'elle ne chute. Comme elles pouvaient être idiotes ! Tout allait bien. Elle se sentait parfaitement ancrée à la terre. Elle pouvait ressentir l'énergie circuler librement dans son corps et en toute chose. La douleur des autres patients de l'hôpital et de leurs familles ainsi que la joie des malades enfin guéris venaient la heurter de plein fouet, déversant en elle un mélange de tristesse et d'optimisme étrange. Ces émotions contradictoires l'avaient déstabilisée au début, et c'est tout naturellement qu'elle s'était recréé sa bulle protectrice. Elle était assez forte pour se lever, tout de même ! Elle se sentait revigorée, prête à affronter le monde et retrouver les siens. Alors pourquoi attendre ? Elle voulait au plus vite retourner explorer les lieux et prouver que tout ce qu'elle avait vécu était bien réel.

Rose était venue la voir en quittant son service et avait réussi à lui procurer un petit miroir. À mainte et mainte reprise, Océane s'en était servi pour chercher ses ailes, ou tout du moins les moignons de ses ailes mutilées. Elle les ressentait toujours, comme des membres fantômes qui faisaient partie intégrante de son être. Mais il n'y avait rien. Son dos était redevenu comme autrefois, comme lorsqu'elle y roulait ses ailes pour que personne ne les voie. Mais elle avait beau se concentrer, elle n'arrivait pas à les faire apparaître. Ses oreilles lui semblaient plus pointues que celles des humains, mais beaucoup moins que lorsqu'elle était dans le monde des fées.

Devant le rétablissement miraculeux de la convalescente, les médecins acceptèrent bientôt de la laisser sortir, avec une consultation la semaine suivante. Cela lui laisserait tout le temps de fureter. Briag lui manquait. Centaurea lui manquait. Ses compagnons lui manquaient. Elle devait les retrouver coûte que coûte.

Elle commença par se rendre là où tout avait commencé : à la maison arbre de Sean. Un groupe de jeunes gens riaient en chahutant. Océane, déterminée dans sa quête, passa devant eux sans leur prêter un regard. Elle caressa l'écorce de l'arbre qui abritait le vieil homme, mais rien ne se produisit. Elle ressentait pourtant toute la force qui circulaient dans le végétal. L'énergie qui lui parvenait du sol et du ciel s'insinuait dans chacun de ses pores. Mais rien ne se produisit. Déstabilisée par son impuissance, elle décida de s'asseoir et d'attendre que Goulven ou Nessie se montrent.

— Croyez-vous aux fées, Mademoiselle ?

La voix grave la tira de sa rêverie. Un parfum safrané parvint à ses narines.

— Briag ! murmura-t-elle dans un souffle en se tournant vers le jeune homme aux cheveux ébouriffés qui la regardait de ses grands yeux noirs surpris.

— Comment connaissez-vous mon nom ?

C'était lui, mais quelqu'un d'autre à la fois.

— Une intuition, sans doute ! répondit-elle à contrecœur, sa seule pensée étant d'aller se blottir dans les bras de l'homme qui se trouvait en face d'elle. Pourquoi me demander si je crois aux fées ?

— Parce qu'en toute sincérité, je pense que vous en êtes une... C'est la première chose qui m'est venue à l'esprit lorsque nous vous avons sortie de l'eau...

— C'est vous qui m'avez sauvée ?

— Sauvé est un bien grand mot ! Nous vous avons vue, flottant sur le loch, inanimée. N'importe qui aurait fait ce qu'il fallait en pareille circonstance !

— Ne soyez pas si humble... Vous m'avez sauvée... Et de plus de façon que vous ne sauriez le croire !

Si ce que les médecins lui avaient dit était juste, elle avait repris connaissance à plusieurs reprises avant de sombrer dans le coma à l'hôpital. Cela expliquait que la fille qu'elle s'était créée ressemble tant à Rose, l'infirmière bénévole des pompiers qui avait assuré ses premiers soins après son accident, et qui travaillait dans le service de réanimation. Donc, si elle suivait ce raisonnement, elle avait dû voir le visage de ce Briag et entendre son prénom. Ainsi, avait-elle bâti tout un monde autour de lui... Et pourtant, tout ce qu'elle avait vécu était bien réel ! Les arabesques entourant son poignet et sa main, gage de son union avec l'elfe, étaient bien présentes sur sa peau ! Elle ne se souvenait pas s'être fait tatouer avant que tout cela n'arrive ! Elle se sentait tellement semblable à Lonicéra ! Et si éloignée de l'Océane qui était venue en Écosse pour son reportage !

— Accepteriez-vous que nous bavardions un instant ?

Océane acquiesça et son regard se posa sur les amis du jeune homme ; une femme brune riait aux plaisanteries de son compagnon.

— Mes amis sont adorables, mais peut-être un peu bruyants…

— Pas du tout ! Ils me rappellent mes chers amis que j'ai perdus récemment.

— Comment se nommaient-ils ?

— Hédéra, Kieran... et Briag. Ils m'ont été fidèles jusqu'au bout, murmura-t-elle alors que les larmes lui montaient aux yeux.

Le jeune homme la contemplait, soudain muet. Surprise par la profondeur de ce regard qu'elle connaissait pourtant de tant de manières, elle se contenta de le fixer en retour. Enfin, il brisa le silence, la voix enrouée.

— Croyez-vous au destin ?

— Pourquoi cette question ?

— Mes amis se nomment comme les vôtres…

— Et que pensez-vous que cela signifie ?

— Je ne crois pas au hasard, par conséquent, soit vous avez enquêté sur notre petit groupe, soit nous avons une histoire commune que j'ignore. Pourriez-vous m'éclairer sur ce point ?

Le regard intrigué mais confiant qu'il posait sur elle la réconforta.

— Voulez-vous entendre mon histoire ?

— Oui.

— Elle est peu commune.

— Je veux tout de même l'entendre.

— Cela prendra des heures !

— Je suis en vacances.

— Très bien. Alors, installez-vous confortablement.

Assis en tailleur, le coude enfoncé dans son genou de façon à appuyer son menton dans la paume de sa main, le Briag humain leva des yeux pleins d'intérêt vers Océane.

— Voici donc mon histoire : « J'ai froid ! Quel pays idiot ! La journée d'Océane ne faisait que débuter, mais elle ne semblait pas différente des autres… »

Le jeune homme l'écouta avec passion alors qu'Océane se transformait à nouveau en Lonicéra, souveraine du peuple sylvestre de Cherry Island.

***

« Menaçant, Azaël s'apprêtait à bondir, mais Riwan ne lui en laissa pas le temps... Après cela... »

Océane retenait à grand-peine les sanglots qui bloquaient ses cordes vocales. Les amis du jeune homme les avaient rejoints rapidement après le début du récit. Ils affichaient tous deux des traits tirés, comme s'ils vivaient un véritable conflit intérieur.

— Après cela, finit Briag à sa place, j'ai cru mourir lorsque Riwan a empoigné tes ailes magnifiques.

Océane releva subitement les yeux alors que ceux du jeune homme se rivaient au sol.

— Et quand il a abattu cette dague sur toi, qu'il y a eu cette lumière aveuglante et que tout a explosé autour de nous...

Océane ne pouvait détacher son regard de Briag. Durant tout son récit, elle n'avait vu personne, perdue dans son monde intérieur. Soudain, elle entendit la douce voix si familière d'Hédéra.

— Avons-nous tous fait ce même rêve ?

Elle tourna la tête vers la jeune femme brune qui venait de parler. Elle ressemblait à s'y méprendre à son amie. Et alors que le regard d'Océane s'embrumait, Briag prit la main de Lonicéra dans

164

la sienne, reconstituant le tatouage autrefois dessiné par Tellus lors de leur union. Sa voix tendre et aimante résonna pour elle seule dans sa tête.

J'ignore la raison de tout cela, Lonicéra. Mais ça y est. Nous nous sommes retrouvés, petite fée, ma part manquante, mon âme sœur... Et ensemble, nous allons reconstruire ce qui a été détruit.

Épilogue

Sur la surface mouvante du loch, deux yeux au milieu d'une grosse tête couverte d'écailles venaient de s'ouvrir sur la scène. De là, Nessie pouvait voir sans se faire repérer. Elle contemplait sur la berge la bulle irisée qui enveloppait les élus.

Elle était heureuse. Bientôt, le monde magique de Cherry Island se réharmoniserait. Avec l'arrivée de sa reine légitime, Rana serait vaincue. La vision que Lonicéra avait eue, qu'ils avaient tous eue, leur avait permis de se trouver. Et qu'importe que les élus de la Déesse soient humains, fées ou elfes, ils avaient été choisis pour sauver Cherry Island. Et c'est ce qu'ils feraient.

Lonicéra serait encore plus forte et bienveillante qu'elle ne l'avait été jusqu'à présent.

L'espérance allait renaître au sein du peuple oublié.

Et maintenant, chères lectrices, chers lecteurs,
à vous d'écrire la suite des aventures de Lonicéra.
Merci de m'avoir suivie pendant tout ce temps.

ANNEXES

Symbolique des plantes et des arbres

Bleuet : message de tous sentiments purs, naïfs et délicats
Chêne : justice, mais aussi virilité, force, endurance, longévité
Chèvrefeuille : liens d'amitié et d'amour, gentillesse
Eucalyptus : amour des voyages
Fougère : fascination, confiance et sérénité
Hêtre : sagesse
Lierre : amitié, fidélité, attachement, éternel amour/amitié
Lys : douceur, pureté, majesté
Mousse : amitié
Renoncule : vous êtes divine, pleine de charme, raillerie, perfidie, méchanceté
Rose : séduction, perfection, sensualité
Roseau : complaisance, amour pour la musique
Saule pleureur : deuil
Sureau : bonté

Origine des noms féeriques du livre et classification

CENTAUREA : Bleuet (F : Asteraceae ; G : Centaurea)
HEDERA: Lierre (F: Araliaceae ; G : Hedera)
LILIA : Lys (F : Liliaceae ; G : Lilium)
LONICERA : Chèvrefeuille (F : Caprifoliaceae ; G : Lonicera)
MYRTIS : Eucalyptus (F : Myrtaceae ; G : Eucalyptus)
RANA : Renoncule (F : Ranunculaceae ; G : Ranunculus)
TYPHA : Roseau des étangs (F : Typhaceae)

Signification des noms de sirènes

PARTHENOPE : au visage de jeune fille
RAIDNE : l'amie du progrès
TELES : la parfaite
THELXEPEIA : l'enchanteresse
THELXIOPE : celle qui persuade

Signification des noms celtes

APHRIA : plaisante, agréable
BRIAG : estime, considération
EFFLAM : rayonnant
ENORED : d'un très grand secours
GOULVEN : moineau
GURVAN : davantage, poussée, assaut
GWELTAZ : chevelure
KANIA : belle
KENAN : beau
KETTY : pure
KIERAN : guerrier, assaut
MOYRAH : chère, aimée
RIWAN : piquer, frapper, pointer, s'avancer
TUDONIA : peuple
VAEL : prince, chef

Signification des autres noms

OCÉANE : océan
WILFRIED : volonté, paix
SEAN : Dieu fait, grâce, ou Dieu pardonne
JEFF : la paix de Dieu
BALTHAZAR : protéger la vie du roi

Provenance des noms des démons

AESHMA : dans l'Iran ancien (Perse), démon de la folie furieuse et de l'outrage selon la doctrine de Zoroastre (ou Zarathushtra).

ARHIMAN : chez les perses, l'Arhiman (ou Arimane) est la source du Mal. C'est un démon noir engendré par les Ténèbres. Signifie "la mauvaise pensée".

AZAËL : ange qui s'est rebellé contre Dieu ; enchaîné au milieu du désert, il attend le jugement dernier

AZHI DAHAKA : dragon à trois têtes, rempli de lézards et de scorpions, instrument de destruction de l'Arhiman.

DAEVA : "Démon" dans la culture perse. Les Daêvas sont commandés par l'Arhiman.

MARGYGR : chez les scandinaves, monstre au corps de femme et à la queue de poisson, qui attirent les hommes par leur physique et/ou leurs chants pour les dévorer.

Signification des roches et minéraux

CRISTAL DE ROCHE :
Récepteur, émetteur, transformateur et amplificateur énergétique. Favorise la circulation énergétique, intuition et méditation, apporte pureté au mental. Canalise l'énergie de toutes les pierres.

CALCITE :
Tonifiante et revitalisante, convivialité et communication chaleureuse. Redonne le moral, sourire et joie de vivre. Bon tonique sexuel.

PIERRE DE JAIS :
Les personnes attirées par elle sont des âmes anciennes, avec beaucoup d'expérience sur terre. Protège des ondes négatives et du mauvais œil, renforce le corps aurique.

ŒIL DE TIGRE :
Renvoie les énergies négatives vers son envoyeur, protection, énergie, confiance en soi

LAPIS-LAZULI :
Pierre sacrée, sagesse, facilite l'intuition et l'esprit de solidarité, harmonie dans les relations humaines.

Remerciements

Merci à tous ceux qui, de près ou de loin, ont participé et participent encore à l'aventure "Lonicéra". Merci pour votre confiance et votre énergie si stimulantes.

Merci à Fabien, Valentin et Stella pour leur patience et leur amour. Ils me sont précieux au-delà de ce que je ne pourrai jamais exprimer.

Merci à Martine et Jeff, mes chers parents, Carine, Gilles et Marie, Jean-Pierre et Cathy, Micheline et Guy. Merci à toutes les personnes qui gravitent autour et qui croient en moi, mais qui sont trop nombreuses pour que je puisse toutes les citer.

Merci à Robert et Eliane grâce à qui mon horizon s'agrandit de jour en jour. Merci à Roger.

Merci à mes lectrices et lecteurs de tous âges et de tous horizons. J'attends à chaque fois avec grande impatience de vous rencontrer et d'échanger avec vous sur les salons. Merci pour cette magie que vous faites naître en moi. Sans vous, rien ne serait possible.

Merci à toutes ces personnes merveilleuses que je croise dans la vie de tous les jours comme sur les salons du livre, et qui sont autant de petits cailloux sur mon chemin de vie.

Féériquement.

Magali BL

Hommage à

Ma grand-mère croyait en la beauté du monde. Malgré les difficultés, elle a toujours su trouver les ressources pour aller de l'avant. Les fées y étaient sûrement pour quelque chose ! C'est en partie d'elle que je tiens cette foi en la vie et en l'Être.

Lorsque j'étais enfant, j'écrivais des poèmes. Plus tard, à l'adolescence, je commençais à une nouvelle que je ne menais malheureusement pas à terme.

Ma grand-mère écrivait aussi. C'est à cette époque qu'elle me fit lire une partie de ses textes. Elle fut la première à croire en mon écriture. Elle me demanda de faire paraître quelques-unes de ses créations lorsque je serai moi-même éditée. Alors, arrivant au bout de l'épopée Lonicéra, et pour tenir ma promesse envers cet être que j'aimais tant, voici un extrait des "Chroniques d'un Trois Quarts de siècle", par Yvette Bergeon, née Theil, alias Dominique François, partie rejoindre les Fées en 1999.

Chroniques d'un trois quarts de siècles

Du temps de ma jeunesse...
... au temps de ma vieillesse...
... Mon temps, tout simplement.

Au temps de ma jeunesse - j'ai vu le jour à Cozes en 1923 -, que n'espérait-on pas de cet an 2000 si lointain qui nous apporterait le bonheur : plus de guerres, le bien-être pour tout le monde, l'âge d'or, le Paradis, tout simplement.

Personne n'aurait osé imaginer ce qui devait arriver d'ici là : les guerres, l'atome, la marche sur la lune, les ordinateurs, une technologie toute puissante et toujours autant de misère...

Vers 1860...

Grand'père dans la forêt d'Aulnay

Il fait très noir dans la forêt, cette grande forêt qui a disparu depuis bien longtemps. Jean Mesnard revient de la foire aux bestiaux de Rouillac, où il a vendu ses boeufs, et rentre chez lui à Aujac. Les pièces tintent dans sa besace. Il est content et marche d'un bon pas.

Soudain, il lui semble entendre un bruit derrière lui ; il se retourne et voit comme des petites lumières jaunes à quelques mètres de lui : les loups.

Il y en avait encore de nombreux à cette époque et très affamés à la sortie de l'hiver.

Il a soudain très peur, car il sait que s'il trébuche, la meute se jettera sur lui et le dépècera comme un mouton. Il reprend sa route, tout tremblant. Son coeur cogne à grands coups dans sa poitrine. Il pense à sa femme, à ses enfants. Il faut tenir. Il marche. Un pas. Encore un. Un autre encore...

Tout à coup, la nuit paraît moins sombre. Il est enfin sorti de la forêt. Un peu de courage encore. Dans le brouillard, il entrevoit soudain une faible lueur : sa maison, enfin.

Dans la cuisine, il y a du feu dans la cheminée. Sa femme tricote, les enfants jouent... Tous se lèvent, affolés en le voyant si pâle. Il ne peut que bredouiller : " les loups... les loups..." Tendrement, sa femme l'amène dans son fauteuil auprès du feu. Elle lui enlève ses galoches de bois, lui apporte un bol de soupe. Le danger est passé. Comme il est bon de se retrouver ensemble.

Dehors, les loups hurlent en quête d'une proie...

Vers 1930...

La veille du puits

Vévette et son copain Bébert, huit et cinq ans, vont jouer après avoir écouté les recommandations de la maman de Bébert :

— Surtout, ne vous approchez pas des puits ! Il y a une vieille sorcière à l'intérieur. Avec sa fourche, elle vous embrocherait !

"Tiens, c'est curieux !" pense Vévette.

Sa maman lui a bien dit de ne pas s'approcher des puits, car on peut tomber dedans, mais elle n'a pas parlé des vieilles.

Dans cette première moitié du siècle, il y avait beaucoup de puits. Le réseau d'eau commençait à s'étendre, mais ne couvrait pas tout.

Comment savoir où se logent ces vieilles dans si peu de place...

— Viens, Bébert. Allons voir...

Voilà les deux gamins partis. Dans le jardin de Vévette, il y a un puits. Sa maman travaille... allons-y.

Soulever le couvercle pose quelques problèmes, mais enfin ça y est. Ils se sauvent vite en criant :

— Hé ! La vieille ! Où es-tu ? Viens, plus près... Hou, hou ! Et l'écho répond :

— Hou, hou !

Il n'y a pas de vieille, dirait-on. Les gamins se rapprochent moitié rassurés, et se mettent sur le bout des pieds pour voir dans le puits, prêts à détaler à toute vitesse... rien. Ils rabattent le couvercle et vont jouer ailleurs...

— Maman ! Maman ! dit soudain Vévette. Tu sais, la maman de Bébert disait qu'il y avait une vieille dans le puits, et ce n'est pas vrai. On a regardé, il n'y a que de l'eau !

— Que de l'eau...   dit maman, effondrée.

Décembre 1944
L'arbre de cristal

En ce jour du vingt décembre 1944, maman fêtait son anniversaire.

La France était en partie libérée. Il ne restait plus que les "poches" de La Rochelle et Royan où quelques unités allemandes étaient prises au piège. Au mois d'août, Royan avait été évacuée et c'était maintenant au tour de Cozes, où nous habitions.

Un train prévu pour trois cents personnes devait partir à quatorze heures. Le soir tombait et il n'y avait toujours qu'une trentaine de personnes à attendre. Nous avions tous envie de retourner chez nous lorsqu'enfin le train s'ébranla en direction de Saintes. Ce voyage dans la nuit d'hiver est très angoissant. Qu'allons-nous devenir ? Où allons-nous nous retrouver ? Soudain, le train s'arrête. Je vais voir à la fenêtre. Surprise... l'eau arrive à la hauteur des rails. C'est une des célèbres crues de la Charente. Tout doucement, nous approchons de la gare. Dans l'ombre, nous apercevons les ruines du quartier qui a été bombardé au mois de juin. Des bénévoles de la Croix Rouge nous apportent du bouillon et du café.

Le silence n'est troublé que par les halètements des locomotives à vapeur restées sous pression, faisant penser à la respiration de quelque animal fantomatique. Soudain, la gare s'anime. Quelques lumières paraissent et un train entre en gare. Le haut-parleur se fait entendre, net pour une fois :

"Prisonniers, déportés, travailleurs déportés, Saintes vous souhaite la bienvenue..."

Ces mots sont restés en moi comme le début d'un cauchemar : c'était les premiers survivants des camps de concentration qui revenaient. Nos amis, nos parents, ceux que nous côtoyions tous les jours, enfin quelques-uns d'entre eux... Dans quel état ! ... Des squelettes sur lesquels flottaient des pyjamas rayés, des civières vites emportées. Nous pleurions tous devant tant de souffrances que l'on découvrait juste.

Après une nuit terrible, une aube grise s'est finalement annoncée. On nous a apporté du café. Ensuite, notre train a été raccroché à celui de Niort. La campagne était gelée, les arbres dressaient vers le ciel leurs branches aux ramilles fines comme de la dentelle. Notre omnibus avançait tout doucement, nous laissant le temps de regarder le paysage.

Seul au milieu d'un champ, un noyer centenaire était couvert de gouttes de rosée qui avaient gelé. Soudain, ce fut l'embrasement : le soleil frappa l'arbre qui scintilla, étincela et devint pour moi l'arbre de cristal, la pure beauté, le cadeau du ciel. L'Avenir allait vers cette lumière. Bien sûr, il faudra panser bien des blessures, relever bien des ruines, mais l'espoir renaissait dans ce matin d'hiver si proche de Noël.

Plus de cinquante ans ont passé depuis. Il y a eu des guerres, et il y en aura encore. Mais puisse-t-il y avoir toujours un arbre de lumière qui s'allume pour aider les hommes de bonne volonté.

Royan, 1955
Mon marais

Lorsque je suis arrivée, tu étais dans la gloire de l'automne
Or pâle, or roux harmonieusement se mêlaient
De tous mes yeux, je t'admirais
Que tu étais beau, mon marais !

Le vent doucement a fait tomber
Tes feuilles d'or que l'on froissait
Et tu t'es retrouvé dépouillé.
Tes arbres tendaient vers le ciel leurs branches dénudées
Implorant on ne sait quelle pitié.

La neige doucement est tombée,
Te recouvrant d'un voile léger,
Immatériel et pur qu'aucun pas ne vient troubler.
Le givre a transformé chaque herbe
Chaque branche en un bijou sans prix,
Pur cristal irisé où le soleil se jouait.

Le gel fait à la fenêtre des napperons de dentelle
Qui semblent tissés par les fées.
Les oiseaux à ma porte se pressent,
Espérant quelques miettes,
Et laissent sur la neige le semis léger
De leurs petits pas pressés.

Tout a disparu sous la pluie monotone,
jusqu'au jour où...
Merveille, cette nuit les bourgeons ont éclaté
Et le marais est d'un vert léger, où se dore le soleil.

Allons écouter dans la paix du soir,
Le gai carillon des crapauds en fête.
Les rossignols lancent dans l'air leurs trilles joyeux,
Tout est joie et paix
Oh oui ! Tu es beau, mon marais.

Années 1990
Une histoire de fées

C'est une dame qui a beaucoup de chance : tous les jours, ou presque, les Fées lui écrivent. Elles lui annoncent de merveilleux cadeaux : "Vous avez gagné..."

— Des chèques avec beaucoup de zéros... et en nouveaux francs !

— Des voitures, des Super-Chic... La Deudeuche de la dame ne pèse pas lourd à côté !

— Des voyages un peu partout... Les Iles, le Canada, la Thaïlande, le Cap Nord, Venise et j'en passe !

De ce fait, la dame peut rêver : elle va paresser sur les plages de sable blond, se prélasser dans les gondoles vénitiennes, s'émerveille devant le soleil de minuit... Elle peut aussi prendre sa voiture (la Super-Chic), et rouler dépenser l'argent des chèques avec plein de zéros en nouveaux francs.

Comme ce sont les Fées, tout s'arrête quand le réveil sonne : c'est comme dans Cendrillon. Mais la journée passe bien vite et la dame pense à la lettre qui, le soir, la fera voyager...

Ainsi, la vie a passé. La dame a des cheveux blancs, ne dort presque plus. Elle regarde tristement les belles annonces que les Fées continuent de lui envoyer.

Mais voilà qu'un jour, Monsieur Bouvard lui a parlé à la télé : "Envoyez-moi des histoires !" disait-il.

Des histoires polissonnes comme les aime Monsieur Bouvard, je n'en connais pas, pense la dame. Je ne connais que des histoires de Fées.

Et cette nuit, comme elle ne dormait pas, elle a écrit son histoire de Fées.

Qui sait ? Avec les Fées, sait-on jamais ?

Juste avant 2000...
Prière à Saint Fric

Saint Fric, donnez-nous des sous,
Des livres, des francs, des euros,
Des chèques avec de gros chiffres
Et plein de zéros...

Saint Fric, donnez-nous des Euros.

Pour avoir des maisons, des châteaux,
Des îles, des avions, des bateaux,
Des piscines avec de l'eau
Froide ou chaude à gogo...

Saint Fric, donnez-nous des Euros.

Quelle est la petite voix qui dit :
Saint Fric, donnez-nous des sous
Des livres, des francs, des euros,
Des chèques avec de gros chiffres
Et plein de zéros...

Saint Fric, donnez-nous des Euros.

Pour construire des maisons, des hostos,
Des écoles, des stades avec des ballons,
Des ovales et des ronds,
Et aussi beaucoup de vélos...

Saint Fric, donnez-nous des euros

Tout cela n'est pas un rêve,
Le dieu Fric domine le monde...

Mais toi, qui que tu sois, qui n'as peut-être que quelques
sous,
Le soleil est à toi, et le vent et la pluie, et les fleurs des
champs...
Tu es unique !
Du Monde, tu es le Roi.

Table des matières